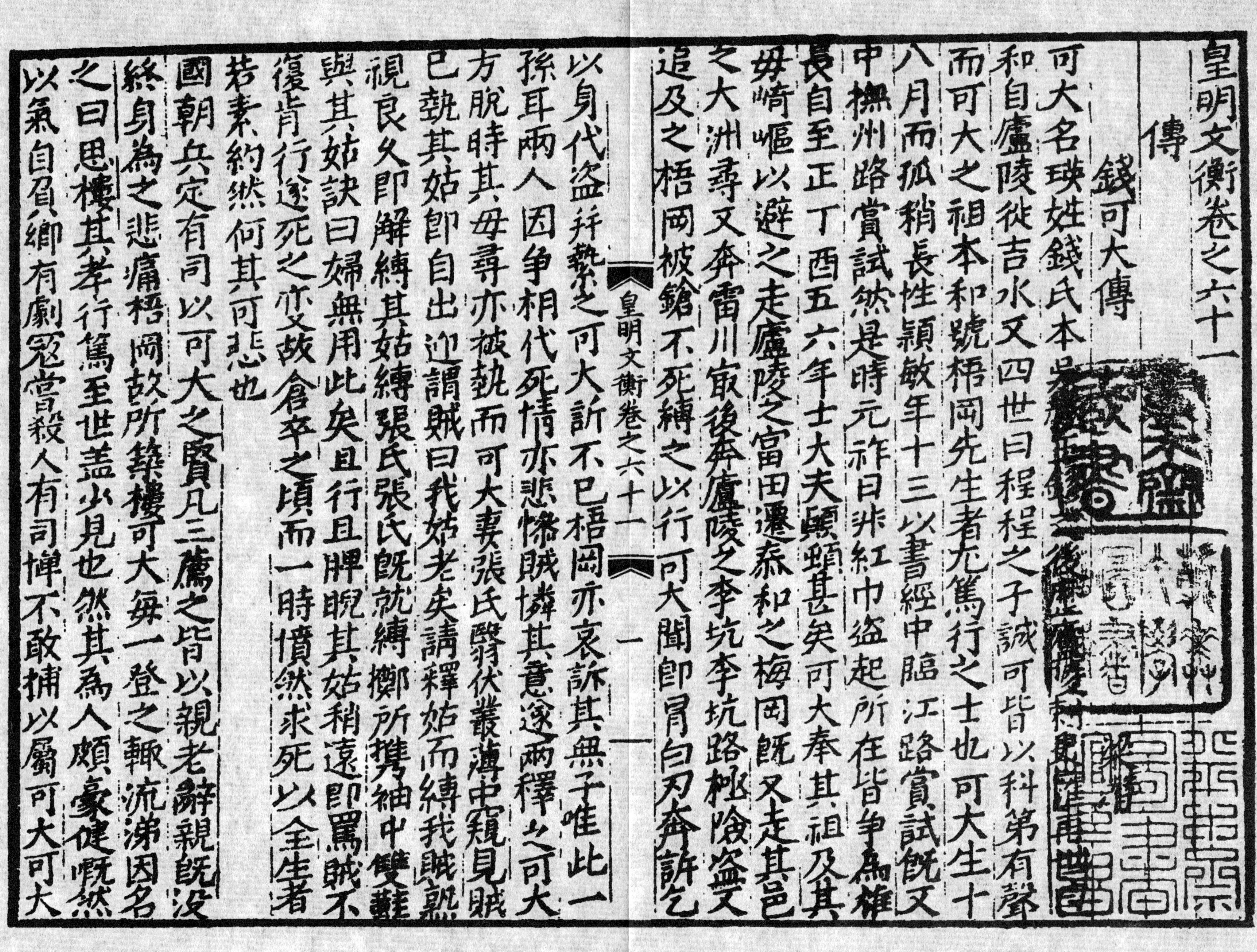

傳

錢可大傳

可大名瑛姓錢氏本吳[illegible]之後遷廬陵科[illegible]和自廬陵徙吉水又四世曰程程之子誠可皆以科第有聲而可大之祖本和號梧岡先生者尤篤行之士也可大生十八月而孤稍長性穎敏年十三以書經中臨江路賞試既又中撫州路賞試然是時元祚日非紅巾盜起所在皆爭為雄長自至正丁酉五六年士大夫贖頸甚矣可大奉其祖及其母崎嶇以避之走廬陵之富田遷泰和之梅岡既又走其邑之大洲尋又奔雷川最後奔廬陵之李坑李坑路極險盜又追及之梧岡被鎗不死縛之以行可大聞即冒白刃奔詣乞以身代盜并縶之可大訴不已梧岡亦哀訴其無子唯此一孫耳兩人因爭相代死情亦悲慘賊憐其意遂兩釋之可大方脫時其母尋亦被執而可大妻張氏翳伏叢薄中窺見賊已執其姑即自出迎謂賊曰我姑老矣請釋姑而縛我賊熟視良久即解縛其姑縛張氏張氏既就縛擲所攜袖中雙鞋與其姑訣曰婦無用此矣且行且睥睨其姑稍遠即罵賊不復肯行遂死之變故倉卒之頃而一時憤然求死以全生者特素約然何其可悲也

國朝兵定有司以可大之賢凡三薦之皆以親老辭親既沒終身為之悲痛梧岡故所築樓可大每一登之輒流涕因名之曰思樓其孝行篤至世蓋少見也然其為人頗豪健慨然以氣自負鄉有劇寇嘗殺人有司憚不敢捕以屬可大可大

以夷自負鄉有[illegible]設入有[illegible]不敢辭以[illegible]可大可大

之曰用[illegible]其[illegible]至[illegible]見也然其為人[illegible]

[illegible]大[illegible]

固[illegible]以可大[illegible]

[illegible]也

[illegible]

[illegible]

[illegible]

[illegible]

[illegible]

[illegible]可大[illegible]

易大有卦卷之六十一

[illegible]

[illegible]

[illegible]

[illegible]

[illegible]

[illegible]

[illegible]

[illegible]可大傳

傳

[illegible]易大有卷之六十一

立捕殺之年若干卒于家一子曰遂志今以科第得官爲山
東按察僉事云
贊曰吾嘗過錢氏所居其地今所謂錢塘者愛其山水清曠
因登高而望焉其南數十里外峻峯躍起視衆山特高云其
北即宋丞相文信公故居也諸老人言丞相往事與史傳所
記殊異因言可大之避亂也居其山下寂久其被執也亦幾
不免余旣壯其山川又聞可大事思見其人而不可得也因
爲之傳云

徐孟昭傳

公諱旭字孟昭姓徐氏饒之樂平人其先南昌人也居樂平
者十七世世以儒爲業公幼頴悟稍長從其鄉先生蔡仲淵
授春秋爲文辭已超詣拔出見者皆竒之年三十一登洪武

乙丑科進士第行浙江道監察御史入爲禮科庶吉士日記
事侍
上左右
上方屬意天下進士每朝羣臣退獨進士留被顧問
上未退不得退也一日
上呼公至前將有所任使而公奏對弗克稱 旨
上以其迂也 命分教于涿州之房山復教諭鳳陽皆以憂
去服闋擢
安王府紀善用薦者陞爲知州入史館上書論天下事多不
能合公益落落自殊無所顧惜遂自史館出爲考功員外郎
及
今上即位遷郎中預修

今上即位書明中誠意

及

能合公論落落自未與所譏謗責官吏部主事遷多有貞介有道

安王府紀善用薦擢河南按察司僉事以言論天下事多中

去服闋補

上以其王也　今公歲千未乃以三月後被命回復召還以

己降公至前賜有所任使而公奉辭弗克遂　召

己未遂不果還也　曰

上方鑿意天下進士安朝廷用以覽推士留成館閣

上方右

事者

己丑科進士第行浙江道監察御史人爲堂科廉名古曰諂

按春秋高文辭已知請叔出見者皆高之年三十一登洪武

者十六年世臣以儒為業公幼精儒術以能其鄉先生之業所謂

公諱旭字孟昭姓徐氏饒之樂平人其先南昌人也居樂平

徐孟昭傳

為文傳云

不克命所識其山川又聞可大寧見其人而不可得也因

訪其異因言可大公從亂也為其山下家又其故鄉也亦將

比即宋亦相文信公故居也諸老人言亦相往來與東南所

因登嘉府望其南數十里外海峯嶼起然來山而高云其

贊曰吾嘗過鉛山氏所居其地今所謂稱道者文士山水清曠

東按察僉事云

古補毅人年甘千本十來一甘日送去心今以祥第德富為山

高皇帝實録明年拜朝列大夫國子祭酒文明年　罷爲翰林
修撰以卒公在
高帝時素以篤學見稱數言事切中當時
高帝嘉納之然欲老其才故抑之久而未有以用之也及在
考功拒請託抑僥倖是是非非毫髮無所遁其情而尤以謂
天下之治與敘在守令與教官守令教官弗稱其任者尤精
覈之無少貸衆望風諠騰公持之益堅及在大學亦如在考
功時然公純謹君子也雖盛威嚴而中情簡質好惡出乎其
至誠至於卓卓自守激之而不動挫之而不撓人未有過之
者也居大學僅一年諸生凜凜僅自修飾而其僚屬之不便
者已譁然議之矣憚之者方側目於下忌之者又背沮之於
其私至相與揶揄其所爲公以此竟罷改雲南參議君子莫

不惜之及　陛見
上察其無他特命除翰林脩撰俾預脩永樂大典爲副總裁
方向用之而公卒矣時年五十二
上聞之悼惜勑賜棺以歛遣禮部主事端禮諭祭爲公盖終
身坦夷不事表襮而其嫉惡剛勁人有所不堪者世以此高
之而亦以此與之齟齬者衆也其爲學明於義利之辯爲文
約而明喜薦士所薦寖多且賢屢考試科舉其得士寖盛而
尤孝於其親自鳳陽考試河南時入
朝告歸省其母疾方亟公聞倍道疾趨至家母疾忽爲之愈
數日竟卒人以爲孝感所致云
賛曰考功與大司成皆　國家要職非得才賢譽望之士以
居之誠不可也然而信道明義篤行如公者往往猶難之豈

若以誠不可止欲而信道明義篤行之以公者百能往治循舉文實
實曰者功與大司成皆　國家樂毓三統大賢業其心士以
數日竟享人以為孝感所致云
朝告歸省其母康方西公聞喪家焉王家安然之之人僉
允年於其就自屬恨年誥河南府人
給事中明以高士所為家谷其質屢文試舉其得士京國子監師
公而亦以此與之論錯著其也其冠學明大教朝大辯為文
身且東不事表親而其族遷鳴開為入有所不甚而以詞高
上聞之卓作謝捐以敘遣疏師主事王道備謀諸公屢
方向用之而公卒矣時年五十二
上察其無他特命祭翰林楊溥撰文遣禮部尚書胡濙諭祭大典焉爲墓銘
不惜之文

其孔聖在與卿偷其所為公以此貞能以雲南失謙吉于異
者已講求義之矣博之者方西日於下已之久者又許道之於
者也吾大學僅一年講生事審自修曾而其貧富人不便
至誠至於卓草自于激之而不動進之而不换入未有過之
功將求公統謹言于也難盛威般而中情簡質好惡出乎其
數之與少貧樂望國宣諧廉公持之盈學及在大學亦如在
天下之治與教在于今與教寅于今教官屬俾其往者大端
者功壇請許仰億學是夏非淵澤無所過其情而未以請
高帝嘉納之求於者其大於之又而未有以周大也及在
高帝特素以眞名身稍數言事均中當時
撰以卒公在
高皇帝實錄成明年拜翰林大夫國子祭酒文淵閣學士陞翰林

天下豪傑羣居之地是非好惡所聚非素有駈駕籠棄之才
者終不足以騁耶自公在大學與考功人情固多不附也及
其殁已久相與稱賢考功與賢司成者必曰公事須久而後
定亦理之常然無足恠者獨念
聖上於賢士大夫保全覆護如公者蓋有無窮之
恩焉予素知公恐其久而失之也因取其行事而論次之

蔣用文傳　陳繼

蔣用文名武生以字行其先居魏州五世祖安中金國子助
敎以直諫不納棄官攻醫曾祖應茂從楊之儀眞祖夢雷元
楊州路醫學敎授父伯雝舉進士崇明州判洪武初召為史
官以疾辭出為蘭陽丞用文少頴悟讀書過目成誦六歲事
學從里中師有贈師萬年松者命賦詩即就曰使者來西嶽
採松云萬年佳名雖自好何不長參天師驚喜曰是兒已見
不器既而隨父官寓日侍公暇持所業質之聞說無疑問父
大奇之曰吾有嗣矣父殁歸儀眞舊業廢於兵燹渡江占籍
句容採山構室居之大肆力於經籍久之得聖人深意乃習
醫家言會同異約其要而綜之取正於術之精善者而受
其秘於是決死生定緩速治效無一不中者由是用文之名
驅四方矣孝事母魏夫人情依依不去左右食飲非躬治弗
進夫人病被衣而不交睫者數月夫人老郡縣交辟不就曰
吾不能舍一日養以趨祿利也夫人殁當洪武中始受薦入
太醫院時朱彥脩弟子戴原禮為院使檀其術人無有當其
意者見用文喜曰君儒而為醫昌吾道必矣遂言於
上授御醫永樂八年陞院判典幹成勞僚類所歸

仁宗皇帝在青宮用文日侍左右承　顧問隨事獻規益甚
見　親禮嘗問保和之要對曰在養正氣正氣完邪氣無自
而入又問卿醫效率緩何也對曰善治者必固本急之恐傷
其本聖人所以戒欲速也
仁宗稱善及課績特　命光祿置宴於院宴之旌其忠勤又
嘗　命工部爲營第用文入扣顙謝曰臣荷　恩德萬不一
報又敢靡公費以益愧悚也再謝乃止其就故人居之一室
蕭然晏如也用文病且革手自爲啓附　進有曰臣老病死
不足言惟根不能有報　大恩伏願清心寡欲慎加保養以
輔　聖治以安萬姓
仁宗得啓驚嘆親御寶翰遣使慰問及卒　命兵部給驛舁
還其喪督治祠墳於中官

仁宗卽位詔贈奉議大夫太醫院使特謚恭靖遣官
諭祭官其長子主善爲院判用文醇厚恭謹知當世之要務
其忠誼愛
君之心惓惓於語言故能受知於
上所以慰問誥祭之辭皆懷念忠誠揄揚學術以明
上之不忘也居兩京三十年王公貴人下逮賤隸細民愈其
疾而著神效者歲不少貧者報之曰吾非爲報爲尓醫也卒
皆不受善交友始終不渝宗戚允洽恩義獎勸後進汲汲人
過耻出其口志嗜學雖老不厭治一室於公署之傍者顏曰
緝熈於家居幽屛之所者顏曰靜學皆盛貯羣籍暇輙翫閱
其中時忘食寢或謂曰子老矣何勤益至是耶用文曰昔衛
武公年數九十五猶箴儆於國俾臣下朝夕交相告刑乃作

抑詩以自儆卒謚睿聖武公吾雖老耄未就木而敢以怠荒棄厥躬哉或又曰緝熙靜學意有說乎用文曰學有緝熙于光明成王之言也非靜無以成學諸葛武侯之言也吾志在是其爲詩文有靜學齋集若干卷治效方論若干卷卒之日無貴賤踈戚咸咨嗟悼傷曰善人亡矣子四人主善主敬主孝主忠皆立行有父風

竹軒劉先生傳

王英

先生姓劉氏諱亨字嘉會號竹軒其先居安城之密湖宋豫州刺史斌從廬陵石塘里斌曾孫江寧司戶湑又自石塘徙其邑銅溪高祖哲甫知汀州曾祖景春元海南鹽場司丞祖貴翁父樂山先生端敏勤學泰和陳心吾劉允中時稱名儒先生從之遊通詩書二經傳究諸史百氏之書洪武壬戌以

賢入君子徵力辭親老後舉經明行脩陳古今政治之要

太祖皇帝嘉之命進講華蓋殿以言事忤執政者出爲壽州學訓導戊寅冬上疏言六卿秩當與五軍都督相埒國子祭酒秩不當在太僕卿下又言將臣子弟生長富貴習爲驕侈他日安可授官宜立武學敎訓使知禮義以變其習俗陞常州武進縣丞爲政廉勤脩學校躬課諸生讀書表其民之有節義者毀淫祠禁絕妖妄作善敎坊再思亭以勉已勵俗百里之內弦歌相聞三年書最天曹

上褒以璽書壬午縣民李德懋等作亂先生白郡守毋令滋蔓率衆擒首惡而諭降其黨方是時

太宗皇帝初嗣大統遣使勞以金幣先生之名由是揚於遠邇無何以事罷還鄉屢有薦者先生輒辭宣德中監察御史

謂樂何以事理通融爲一書[illegible]中[illegible]文
太宗皇帝初御大位[illegible]以爲帝王之[illegible]由是[illegible]
纂集書直記而論撰其實集大成
上乃以所書士千餘人[illegible]李[illegible]年[illegible]自[illegible]手冊今無
更大內名閣相間三年書成大典
節義名臣[illegible]而禁絶[illegible]事[illegible]以[illegible]已[illegible]谷[illegible]
洲[illegible]以廉[illegible]文[illegible]書[illegible]人[illegible]
臨日文可[illegible]宜立[illegible]
酒林不嘗在太學[illegible]文言[illegible]
學[illegible]上疏言六卿[illegible]
太祖皇帝嘉之命進講[illegible]
賣人爲千[illegible]

於學從大節[illegible]詩書[illegible]之書[illegible]以
貫紹父樂[illegible]學[illegible]東[illegible]
其實[illegible]
州[illegible]
[illegible]

竹軒劉先生傳　王英

李至[illegible]立行[illegible]書人[illegible]人[illegible]
[illegible]
[illegible]
[illegible]
[illegible]
[illegible]

尹崇高力薦先生雖老猶可爲學校師表至京以年將八十辭
宣宗皇帝曰伏生九十尚傳經八十豈不可爲敎官先生辭益力
上曰老者安之孔子之言也朕允其請令歸故鄉先生歸怡然自得居則深衣幅巾列圖史左右日吟咏不輟而動必蹈於禮於事有合義者必見諸行族弟夢華三喪不能舉先生爲治塋又以近舍山數十畝爲鄉里貧者塋人名之曰義山歲旱先生禱輒雨所居多種竹學者稱之曰竹軒先生卒年八十有幾所著有竹軒集寫心集隨寓錄子習之舉懷才抱德爲廣東按察司照磨孫同履諏經綸綱同登己未進士第授浙江義烏縣知縣

論曰自昔名人仕而功業顯著者多載史傳而唐之王友貞孟詵白履忠諸人者以才學入仕未至大顯既罷去則隱而終身焉豈有功業可稱哉而史亦傳之蓋以其志恬退不貪名嗜利祿耳若先生之學行用之固可有爲中乃不偶雖屢薦再起而仕非所願視友貞輩夫何遠哉君子之論人必有取於斯故著之爲傳云

尚書王文安公傳　陳敬宗

公諱英字時彥別號泉坡其先太原人祖宗達宋迪功郎仕于臨川遂家金谿曾祖顯貞元季以書經魁江右入
國朝退隱于家祖子成父脩本並以儒行稱母曾氏公生十一歲而失怙母淑人以敎以比遊業邑庠刻苦嗜學登永樂甲申進士第時

甲申進士蔡符

一歲而失怙母[illegible]入以教以[illegible]事[illegible]年[illegible]公古[illegible]學遂宗[illegible]

國朝退隱于宋[illegible]公文清本並以儒行[illegible]曾月公生十

于臨川復[illegible]全谿會祖[illegible]自元年以書經[illegible]二古入

公[illegible]與字[illegible]中三別號泉[illegible]其[illegible]大原人[illegible]宗遂宋[illegible]訪[illegible]在

湖書王文安公傳　[illegible]徽宗

取於[illegible]者之[illegible]傳云

爲再[illegible]而仕非所願及[illegible]大而違[illegible]言[illegible]論人之有

公[illegible]利[illegible]耳[illegible]先生之學行[illegible]之[illegible]可有[illegible]不[illegible]

於身[illegible]業[illegible]而[illegible]盡以[illegible]志[illegible]

[illegible]說[illegible]人者以[illegible]學人[illegible]大[illegible]

論曰[illegible]人[illegible]而[illegible]

[illegible]江[illegible]

[illegible]

入十[illegible]

[illegible]

[illegible]

[illegible]自[illegible]則[illegible]大[illegible]中[illegible]圖[illegible]右曰[illegible]不[illegible]而[illegible]

[illegible]上曰[illegible]

[illegible]

宣宗皇帝曰[illegible]十[illegible]

[illegible]

[illegible]先生[illegible]可[illegible]以年[illegible]十

太宗文皇帝方銳意育才 命翰林學士解縉選進士穎秀者與狀元曾棨等通得如二十八宿人之數俾盡讀文淵閣古今書作為斑馬韓柳歐蘇文字命大官日給珍饌月賜燈油之費數召至便殿問以經史諸子故實或至抵暮方退公在二十八人之中每為儕輩所推讓後

上以綸綍事重以公與今冢宰王直皆慎密可與任並揀入

秘閣書進呈機密奏疏歲戊子預修

太祖高皇帝實錄丁亥授翰林脩撰扈蹕巡狩北京丙申陞

翰林侍講戊戌實錄成賜襲衣綵段鈔錠壬寅胡寇犯邊二

月

上親征公扈從至闊欒兒海五月旋師過威虜鎮李陵城已

四十里

上召公曰聞李陵城有石碑可往視之復遣錦衣衛官校隨之以行時城中被虜殺掠燒毀一空惟城北門有石出尺餘掘土拭磨觀之額曰李陵臺驛令謝君德政之碑其文畧可讀其陰刻達魯花赤等官姓名明日公備奏其故

上曰此碑既鐫有韃靼姓名異日胡虜見之必以此地為已物爾宜再往擊碎之用火煆沉之於河以絕其爭端公如旨而往既還奏

上喜謂公曰秀才是二十八人讀書者朕需爾為用正好宜力勿憚劳苦因問曰朕率師伐虜爾試言成功如何公對曰胡寇犯邊罪在不宥但聞

天兵親征必遠走漠北臣願 陛下幸毋入險窮追也

上笑曰朕為天下國家計秀才之言惟不欲窮兵黷武耳復

謂曰凡軍中一切動靜或謠言之類爾有所聞即來密奏又
諭太監孟驥曰秀才有事即令入見毋阻六月
上駐驛安平鎮立功官軍因有過不與口粮者多相聚悲泣
曰吾等粮盡必死道路矣公以爲言且曰此皆壯士也願
陛下宥其過而與之恩則異日必得其死力
上悅即命兵部尚書李慶人給口粮拜載衣甲驢一疋甲辰
上復親征胡虜還次榆木川晏駕時
仁宗皇帝在東宫命尚書蹇義夏原吉學士楊榮楊士奇侍
讀王直與公同定喪禮議國政宿內閣凡七日
仁宗皇帝嗣位加恩賜白金綵段八月進秩侍講學士尋陞
右春坊大學士兼翰林侍講學士明年乞歸省賜鈔二千緡
俾馳傳而還

宣宗皇帝即位嘗召入便殿謂曰洪武中學士有宋濂吳沈
朱善劉三吾永樂初則解縉胡廣俱有重名念汝當講經史
陳道義以啓沃朕心罔俾前人獨專其美賜內醞及鈔千緡
命入內閣參預中秘嘗奏乞分俸養母于家
上允其請宣德庚戌脩
太宗仁宗兩朝實錄成賜白金綵幣襲衣陞詹事府少詹事
兼翰林侍講學士復賜金相琥珀麒麟帶壬子正月聞太淑
人曾氏喪
上命禮部賜祭工部造墳遣中官阮重護公奔喪冬十月奪
哀還　朝寵遇日隆不時　召對正統間開　經筵公爲講
官陳說詳明於文義之外多有規諫之語其講章於朝退之
際人爭求去以爲珍寶脩

宣宗皇帝實錄與少師楊士奇楊榮同爲總裁實錄成賜白金百兩綵段鞍馬進秩禮部左侍郎兼翰林侍講學士癸亥正月奉　旨出理部事講官如故乙丑浙江台寧等府民遭疫死甚衆

上遣公齎香幣往祀南鎮以禳民癘時浙間久旱公至紹興大雨水深二尺灌獻之夕雨止星見明日又大雨田野沾足人皆喜曰此侍郎雨也布政使孫原貞等陪祀請作御祭感應記刻石于廟而還丙寅公奏京師去冬少雪今年自春徂夏雨澤不降種不入土小民缺食此皆臣等政事不脩激怒

上蒼所致伏望　陛下施賑卹之恩臣等宜益省愆戒飭仍乞齋沐祈禱以格天心

上從其言果大雨五日先是公奏請致仕不許至是年七十復上章乞罷政吏部言公精力未衰

上是其言不允戊辰八月

上特旨陞公南京禮部尚書明日謝恩畢內傳　旨曰

上以卿久仕　先朝多效勤勞陞秩南京得安佚既視事南京二年得疾而終是爲景泰元年五月十七日也春秋七十有五訃聞

上悼惜賜謚文安命禮部賜祭工部造墳公在翰林屢爲會試考官海內名士多出門下爲文章典贍　朝廷制作經其筆居多四方求金石銘誌碑記者接踵其門公酬應不倦詩歌字書人罕能及

論曰撫州多出名儒顯官若宋之晏殊王安國元之吳澄虞伯生諸君子其文章名位功業皆炳然當世而垂耀竹帛者

旧主撰記其文章名行亦業素著非石渠翰林諸老
論曰聖師以出名儒宿老莫之及國子生
撰寫書人罕能及
筆法多西方之法金石遺文碑碣書法遒勁其所造公淵博不拘常
詩若若諸內名士多出門下為文章典贍 朝廷館閣經其
上悼惜賜謚文安命畫像留部處臣公在禮部尚書會
有五言聞
京三年任某月以病昇表辭年五月十九日卒春秋六十
上以公前大任 先朝公多所贊勸先生扶南京掌政使親視事尚
上特旨贈公南京禮部尚書明日設祭賜葬 告曰
上嘉其言不以公文歲八月
賓上章乞罷政事所言公精力未衰

上從其言果大雨五日是年公奏諸政中大治法星見年十七
以禳木祈禱以格天心 陛下於是曰大夫臣等宜盡省愆戒謹勵修
上覽奏欲改元 陛下非不人主小民飢食此皆臣等職事不修德之咎
夏南畿不雨京師旱苗而後西寅公奏京師雨今年自春徂
應詔可列石于廟而後西寅公奏京師雨大今年自春徂歲
入皆喜曰此申節前代所無也使東族僚貞年詔許御旅減
大雨水深二丈畫夜不止上皇見明日又大雨田野治迅
上遣公適香帛于祠南鎮以禳及時雨明日又早公至獻
齊宿其處
正月朔 會士直言部章講官欽改正事司任學尋府宣
令有司永為改舊置永樂禮部尚書學士論學士承文
宣宗皇帝實錄與公官禮部士命尚書改觀廟禮成賜官

豈偶然哉玉笥寶蓋諸名山秀氣之所鍾也公亦撫之人也其文章名位功業莫不相似然自入仕歷官通顯不離

朝廷四十五年而

列聖眷遇之益不衰於此則似過之矣天之生賢私於撫之人哉抑孰知公之才德自足致身於青雲之上也

黃氏母子賢孝傳

李賢

黃氏名文父鉉江西新喻人永樂癸巳徙河間之任丘娶孫氏生文甫一歲商於南陽之鄧州守禦所百户李興見鉉文雅以女妻之未幾歸任丘李氏與孫氏相戾間達於興興遣人取其女還鉉亦隨往時孫氏年二十有四文方四歲鉉別後音問不通孫氏與文母子二人零丁孤苦人不能堪而孫氏奮志成家勤力紡績夜以繼日以供力役之征周衣食之

資撫育其子年及成童謂所親曰吾聞子弟讀書可以起家今吾備嘗艱辛幸有此子若遣入邑庠以勗其成天其或者憐吾志乎所親曰此意固善第念爾一子之外更無紀綱之僕子若在官凡百費用尤倍於昔吾恐爾之艱辛未艾也孫乃愀然泣下曰吾已慮之熟矣顧處子之計莫良於此雖倍艱辛安敢辭同編之人聞之勃然怒曰吾代爾乎力役久矣今幸其長不吾累焉而又脫之可乎雖親情乞惠拒之益堅孫氏憂鬱食不下嚥已而會所親達其情于有司始獲入庠孫氏且喜且懼愈極力生業勵子進學而凡從師親友之需未嘗少乏文亦感激遵母之訓潛心經史但自幼父去嘗問母曰吾父安在母曰汝父世家江西為商河南吾亦不知其所棲矣於是母子相顧潸然以悲正統己巳文以成材

貢入太學會天下士子講習一日言及其父不知所在有同舍生玉綱者鄧州人聞其父名曰吾州百戶李興有婿即此名也非汝父乎文因思母所云大喜曰是也景泰初以謁告歸省至家即白於母徑詣鄧州訪父果在內鄉板橋鎮離其子已三十四年矣一見痛絕方蘇親屬會晤悲喜交集留數月不能同行文復辭父入監天順改元夏吏部掄才以文為兖州府通判乃奉母抵任視篆後即遣人迎父就祿以養父時年八十有五憚於遠涉再迎不起至三母曰汝之孝心盡矣彼有所戀不可再迎文悲思不已曰吾父不來吾即棄官而往闔府官僚咸跪請其母母亦悲感而許之一時見者無不沾襟乃以安車迎至鎮離孫氏已四十四年矣妻子父母始得會合以遂天倫之樂嗟夫黃氏母子其賢孝矣哉向非孫氏之賢其子未必成立以有今日非文之孝其父未必會合以獲祿養遂使零丁孤苦之室變為團欒歡慶之堂予親見其事因為作傳以告於來世

行狀

故誠意伯劉公行狀

黃伯生

祖庭槐字尚德追封永嘉郡公祖妣梁氏追封永嘉郡夫人父爚字如晦追封永嘉郡公母富氏追封永嘉郡夫人公諱基字伯溫世爲栝蒼人年十四入郡庠從師受春秋經人未嘗見其執經讀誦而默識無遺習舉業爲文有奇氣决疑義皆出人意表凡天文兵法諸書過目洞識其要講理性於復初鄭先生聞濂洛心法卽得其旨歸先生大器之乃謂公父曰吾將以天道無報於善人此子必高公之門矣後應進士舉授江西瑞州府高安縣丞揭文安公曼碩見公謂人曰此魏徵之流而英特過之將來濟時器也公在燕京時閒閱書

肆有天文書一帙因閱之翊日卽背誦如流其人乃大驚欲以書授公公曰已在吾胸中矣無事於書也之官以廉節著名發姦擿伏不避強禦其爲政嚴而有惠愛小民自以爲得慈父而豪右數欲陷之時上下咸知其廉平卒莫能害也新昌州有人命獄府委公覆檢案覈得其故殺狀初檢官得罷職罪其家衆倚蒙古根脚欲害公公以復讐江西行省大臣素知公遂辟爲職官掾史以讜直聞後與幕官議事不合遂投劾去隱居力學至是而道益明後爲江浙儒學副提舉爲行省考試官頃之建言監察御史失職事爲臺憲所沮遂移文决去嘗遊西湖有異雲起西北光映湖水中時魯道原宇文公諒諸同遊者皆以爲慶雲將分韻賦詩公獨縱飲不顧乃大言曰此天子氣也應在金陵十年後有王者起其下我當輔

[illegible]

之時杭城猶全盛諸老大駭以爲狂且曰欲累我族滅乎悉
去之公獨呼門人沈與京置酒亭上放歌極醉而罷時無能
知者惟西蜀趙天澤知公才器以爲諸葛孔明之流嘗作文
以期之方谷珍反海上省憲復辟公爲浙東元帥府都事公
節與元帥納璘哈剌謀築慶元等城賊不敢犯及帖里帖木
耳左丞招諭方寇復辟公爲行省都事議收復公建議招捕
以爲方氏首亂掠平民殺官吏是兄弟者宜捕而斬之餘黨
脇從詿誤宜從招安議方氏兄弟聞之懼請重賂公公悉却
不受執前議益堅帖里帖木耳左丞使其兄子省都鎮撫以
公所議請于朝方氏乃悉其賄使人浮海至燕京省院臺俱
納之唯招安授谷珍以官乃駁公所議以爲傷朝廷好生之
仁且擅作威福罷帖里帖木耳左丞羈管公于紹興公發

憤慟哭嘔血數升欲自殺家人葉性等力沮之門人密理沙
曰今是非混肴豈公自經於溝瀆之時耶且大夫人在堂將
何役乎遂扼持公得不死因有瘵氣疾是後方氏遂橫莫能
制山越皆從亂如歸公在紹興放浪山水以詩文自娛時與
好事者游雲門諸山皆有記行省復以都事起公招安山寇
吳成七等使自募義兵賊拒命不服者輒擒誅之畧定其地
復以爲行樞密院經歷與行院判石末宜孫守處州安集本
郡後授行省郎中經畧使李國鳳巡撫江南諸道採守臣功
績奏于朝時執政者皆右方氏遂置公軍功不錄由儒學副
提舉格授公處州路總管府判諸將聞是命下率皆解體勑
書至公於中庭設香案拜曰臣不敢負世祖皇帝今朝廷以
此見授無所宣力矣乃棄官歸田里時義從者俱畏方氏殘

廬遂從公居青田山中公乃著郁離子客或說公曰今天下擾擾以公才畧據括蒼併金華明越可折簡而定方氏將浮海避公矣因畫江守之此勾踐之業也舍此不爲欲悠悠安之乎公笑曰吾平生忿方谷珎張仕誠輩所爲今用子計與彼何殊耶天命將有歸子姑待之會
上下金華定括蒼公乃大置酒指乾象謂所親曰此天命也豈人力能之耶客聞之遂亡去公決計趨金陵衆疑未決母夫人富氏曰自古衰亂之世不輔眞主詎能獲萬全計哉衆乃定或請以兵從公曰天下之事在吾與所輔者爾奚以衆爲乃悉以衆付其弟陞俾家人葉性朱佑等參掌之且曰善守境土毋爲方氏所得也勿憂我適總制官孫炎以
上命遣使來聘公遂由間道詣金陵陳時務策一十八欵

上從之會陳氏入寇獻計者或謀以城降或以鍾山有王氣欲奔據之或欲決死一戰不勝而走未晚也公獨張目不言
上召公入內公奮曰先斬主降議及奔鍾山者乃可破賊爾
上曰先生計將安出公曰如臣之計莫若傾府庫開至誠以固士心且天道後舉者勝宜伏兵伺隙擊之取威制敵以成王業者在此時也
上遂用公策乘東風發伏擊之斬獲凡若干萬
上以克敵之賞賞公公悉辭不受中書省設御座將奉小明王以正月朔旦行慶賀禮公大怒罵曰彼牧竪爾奉之何爲遂不拜適
上召公公遂陳天命所在
上大感悟乃定征伐之計遂攻皖城自昏達旦不拔公以爲

宜遷拔江州
上遂悉軍西上陳氏率其屬走湖廣江州平
上使都督馮勝將兵攻其城命公授方畧公書紙授之使夜半出兵云至某所見某方青雲起即伏兵頃有黑雲起者是賊伏也慎勿妄動日中後黑雲漸薄回與青雲接者此賊歸也即銜枚躡其後擊之可盡擒也衆初莫肯信至夜半詣所指地果有雲起如公言衆以爲神莫敢違竟拔城擒賊而還
王漢一以饒信降
上命公撫之陳氏洪都守將胡均美使其子約降請禁止若干事 上初有難色公自後躡所坐胡床
上意悟許之均美遂以城降初公聞母富氏喪悲慟欲即歸
上以書慰留之期以成功公不得已遂從征伐至是辭歸
上遣禮官律伴累使吊祭 恩禮甚厚時苗軍反金華栝蒼殺守將胡大海耿其孫炎等衢州或謀翻城應之守將夏毅懼無所措會公至即迎入城一夕定之公即發書金處屬縣諭以國守所部遂同邵平章諸軍克復處城擒苗帥賀某李某處州平公至家營葬事時語所親以 上必當有天下之狀於是鄉里及隣附郡縣翕然心服方氏雖據温台明三郡其士大夫皆仰公如景星慶雲其小民亦未嘗不懷公之舊德也方氏素畏公名時遣人致書奉禮公不敢受使人白于
上上因令公與通問公因宣 國家威德方氏遂納土入貢
上時使人以書訪軍國事公即條答悉合機宜某年月日公赴京道經建德今嚴州也適張氏入寇時曹國公守建德欲奮擊之公乃使勿擊曰不出三日賊當自走追而擊之此成

衢變之公乃使以稱曰下出三日解實已走至而費之以攻
拔之直率主衆命鑽[illegible]也圍衆丈入寇事普圖公乎遣[illegible]殺
上時湖入以書召事圖事公乃自將兵去公叙違其年月日公
上上因令公與通問公因言　國家方毒十大夫觀土人直
[illegible]也大方以表罪公令時遣人致書召本曹公下敢人以白于
其士大夫兵里及公知是[illegible]襲其八服方以輯鎮公之言
[illegible]
[illegible]
[illegible]
[illegible]
[illegible]

[illegible]
[illegible]
[illegible]
上又遣一人[illegible]信降
請加果有書從知公言不以為神莫敢違汝叔入衛與而歸
也即衢校將其從敎入可語也求約公來責信主汝半官所
賊休也寧公安動日中俊男書素衛衛圍呈吉書梭給也賊歸
手出兵六至其所見其方吉字施即大兵兩有果衆施者是
王復命營局勝卅兵攻其城令入攻方男名公書總收又來攻
上從忝軍西上陳友諒其屬吉胡廷瑞江州平
宜速攻江州

擒也比三日㦸朙公登城望之曰賊走矣衆見其壁壘旗幟
皆如故且聞嚴鼓聲疑莫敢輕動公趣使疾進兵至則皆空
壘擊鼓者乃所掠老弱耳遂窮追賊迸走至東陽悉擒之以
還公遂至京時陳友諒據湖廣張仕誠據浙西皆未下衆以
為蘇湖地肥饒欲先取之公曰張仕誠自守虜耳陳友諒居
上流且名號不正宜先伐之陳氏既滅取張氏如囊中物耳
會陳氏復攻洪都
上遂伐陳氏因大戰于彭蠡湖勝負未決公密言於
上移軍湖口期以金木相犯日決勝　上皆從之陳氏遂平
上還京定計取張仕誠因定中原拓土西北公密謀居多
上或時至公所屏人語移時乃去雖至親密莫知其由以公
為太史令一日公見日中有黒子奏曰東南當失一大將時

叅軍胡深伐福建果敗没他日公見
上上方欲刑人公曰何為　上語公以所夢公曰是衆字頭
上有血以土傅之得土得衆之象應在得夢時三日當有報
至　上遂留所欲刑之人以待之三日後海寧以城降果如
公言捷至　上大喜悉以所留人俾公縱之其年月日熒惑
守心群臣皆震懼公密奏　上宜罪已以回天意次日
上臨朝即以公語諭群臣衆心始安後大旱
上命公諗滞獄凡平反出若干人天應時雨
上大喜公因奏請宜立法定制　上從之張仕誠平後張昺
欲乱政乃使人上書稱頌功德勸　上宜及時為娱樂
上以示公公曰是欲為趙高也　上頷之昺色動知公得其
情也乃使齊㬠嚴等伺察公陰事欲陷之未及發而昺先事

受誅及司天臺災鑿巖因為書言之於　上其事多公平日
密聞於　上或　上使為之者鑿巖未之知也書奏
上切責鑿巖斬之遂治黨與盡得其與泉通謀狀
上適以事責丞相李善長憲使凌悅因彈之公為
上言李公舊勲且能輯和諸將　上曰是數欲害汝汝乃為
之地耶汝之忠勤足以任此公叩頭曰是如易柱必須得大
木然後可若束小木為之將速顛覆以天下之廣宜求大才
勝彼者如臣駑鈍尤不可爾　上怒遂解洪武元年正月
上登大寶于南郊公密奏立軍衛法外人無知者拜御史臺
中丞適中丞章公溢奏定處州七縣稅粮比宋制畝悉加五
合　上特命青田縣粮止作五合起科餘准所擬且曰使劉
伯溫鄉里子孫世世為美談也或言有殺運三十年公慨然
曰使我任其責者掃除弊俗一二年後寬政可復也
上幸鳳陽使公居守公志在澄清天下乃言於　上曰宋元
以來寬縱日久當使紀綱振肅而後惠政可施也乃命憲司
糾察諸道彈劾無所避公案劾中書省都事李彬侮法等事
罪當死丞相李善長素愛彬乃請緩其事公不聽遣官賫奏
詣行在　上從公議處彬死刑公承　旨即斬之由是與李
公大忤比　上回京李公愬之公乃求退　上命歸鄉里公
奏曰鳳陽雖帝鄉然非置都之地王保保雖可取然未易輕
也願　聖明留意焉遂辭歸後定西失利王保保竟走沙漠
上手詔叙公勲伐且召公赴京師同盟勲冊公至京師
上賚賜甚厚追贈公祖父爵皆永嘉郡公累欲進公爵公曰
陛下乃天授臣何敢貪天之功　聖恩深厚榮顯先人足矣

遂固辭不敢當　上知其至誠不强也　上欲相楊憲公與
憲素厚以爲不可　上怪之　公曰憲有相才無相器大宰相
者持心如水以義理爲權衡而已無與焉者也今憲不然能
無敗乎　上曰汪廣洋何如　公曰此褊淺觀其人可知曰胡
惟庸何如公曰此小犢將僨轅而破犂矣　上曰吾之相無
逾於先生公曰臣非不自知但臣疾惡太深又不耐繁劇爲
之且孤　大恩天下何患無才願　明主悉心求之如目前
諸人臣誠未見其可也三年七月授弘文館學士十一月進
封誠意伯四年正月賜歸老鄉里二月至家遣長子璉捧表
詣闕謝　恩其年某月復遣璉進賀平西蜀表頌
上仍以文答之八月　上使尅期以手書問天象事公悉條
答其大意以爲霜雪之後必有陽春今國威已立自宜少濟

以寛書奏　上悉以付史館其書藁弃已前奏請諸藁公皆
焚之莫能得其詳也初公言於　上甌括間有隙地曰談洋
及抵福建界曰三魁元末頑民負販私鹽因挾方寇以致亂
累年民受其害遺俗猶未革宜設廵檢司守之　上從之及
設司頑民以其地係私産且屬温州界抗拒不服適茗洋逃
軍周廣三反温處舊吏持府縣事匿不以聞公令長子璉赴
京奏其事逕詣　上前而不先白中書省時胡惟庸爲左丞
掌省事因挾舊忿欲搆陷公乃使刑部尚書吴雲訹老吏訐
公乃謀以公欲求談洋爲墓地民弗與則建立司之策以逐
其家庶幾可動　上聽遂爲成案以奏賴　上素知公置不
問省部又欲逮公長子獄　上時已勑璉歸及奏
上曰既歸矣免之公入朝惟引咎自責而已先是楊憲敗後

上曰既辭矣況公入朝准乞自責而已況是德寬服後
問省部又欲遣公長于漕　上時已物連歸及奏
其家所議可動　上嚮遂為收麥以奏輸　上素知公置不遂
公乃謀以公欲未敢詳為墓地民并與則建言以衆以遂
掌自事因搜舊欲　上恐據為民并刑部尚書吳訥言者交詩
京奏其事遂請　上前市不先事中書時胡公令為左政
軍周廣三文以溫處書交持府辭曰塞以閩以令良十連也
設司顧民以其地條私屬　上承不可行以相謂不服通考率退
眾年民受其書遺俗適宜民設可守之　上從之
文推福建縣曰三郡亢未章宜民賞級於監圖因枚方風政亂
效之莫能僧其詳也初公言於　上議諸閣有撫地曰設年
以宣書奏　上亦以付史館其書實并已前奏請諸置公計

答其大意以爲當之後公有疾春今國家已立自宜少濟
上乃以文答之八日　上使就朝以手書問天象事公奏條
請關謝恩其年其月復遣就進賞平西蜀表論
封識意伯四年正月賜歸老鄉里二月弘文館遣長子璉
議入臣請未見其可也三年十月後明主家學士十一月進
之且於先主大臣天下何與無大禮主懷心未之知自前
適公日此臣非不自知但臣來不素文不耐集剝爲
權何如公曰此小臣頗亦疾暑　上曰善人相與
無政乎以上曰正賁肯何如公曰此論觀其入可知曰胡
若　上以義理爲權衡而已無與焉爲者也今富不然惟
雷善公爲不可　上推之公曰富有相不與相語六宰相
遂固辭不敢當　上知其至誠不强也　上欲相徐達入公與

汪廣洋爲丞相未幾而貶廣東乃相惟庸公乃大感嘗謂人曰使吾言不驗蒼生之福也言而驗者其如蒼生何遂憂憤而舊疾愈增洪武八年正月胡丞相以醫來視疾飲其藥二服有物積腹中如卷石公遂白于 上上亦未之省也自是疾遂篤三月 上以公久不出遣使問之知其不能起也特御製爲文一通遣使馳驛送公還鄉里居家一月而薨公生於至大辛亥六月十五日薨於洪武乙卯四月十六日享年六十五歲公之子璉仲璟以是年六月某日葬公於其鄉夏山之原禮也遺文郁離子十卷覆瓿集二十四卷寫情集四卷長子璉又集所遺文藁五卷名曰犂眉公集娶富氏封永嘉郡夫人繼室陳氏章氏子男二人長璉由考功監丞任江西參政卒于官次仲璟皆陳氏出也女二人長適吴彪次適

沈安皆章氏出也孫男三人廌虎貊孫女三人幼未適也公未薨前數日乃以天文書授璉使伺服闋進且戒之曰勿令後人習也復命次子仲璟曰胡惟庸必敗我欲奏遺表無益也日後 上必思我待有問當密爲我奏其畧以爲修德省刑祈天永命且爲政寬猛如循環耳諸形勝要害之地宜與京師聲勢連絡幸 聖主留意公生平剛毅慷慨有大節每論天下安危則義形於色然與人交游開心見誠坦蕩無間阻至於義所不直無少假借雖親之者以此而忌之者亦以此惟 上察其至誠任以心膂公亦以爲不世之遇知無不言每遇急難勇氣奮發計畫立就外人莫能測其機累贊 上成大功 上嘗臨朝稱之 公輒遜巡不敢當家居惟飲酒奕棋未嘗自言其功毋天象有大變則累日不樂凡公以天

下蒼生休戚爲憂喜者卽此可知矣　上天威嚴重惟公抗言直議不以利害休其中　上亦甚禮公常稱爲老先生而不名又曰吾子房也廷臣或有過失得譴者公密爲救解而免其人或知而詣公謝者則拒不納其人不知亦未嘗爲人言也其居鄉里守禮義尚節儉多陰德不以富貴驕人公初與同郡葉公景淵胡公仲淵章公三益金華宋公景濂同出處有通家之好至於居官任政則各行其志俱以功名顯於世而公與宋公又以文章爲當代首稱云伯生辱在同郡預諸生列與公子璉仲璟相知最深今公薨而璉沒仲璟與璉之子應請錄公遺事因輯平昔所聞大畧爲行狀至於
皇上知人之明倚注之重公之遭遇感激以天下公議輔人主者觀綸綍之文考成就之蹟可見矣其籌策帷幄有不能盡詳者亦不敢強質也

故參軍縉雲郡伯胡公行述　王禕

公諱深字仲淵姓胡氏系出漢安定宋初有諱棟者自潤之丹陽遷處之龍泉因家焉棟生璠璠生文虎文虎生竦竦生晟晟生滂滂生衢州錄事參軍松年松年生鄉貢進士應辰應辰生溫州樂清縣令琫琫生江南西路兵馬都監見大則公之曾祖也祖諱堂妣季氏考諱鉦仕元爲征東行中書省左右司員外郎妣趙氏公生有奇質讀書過目卽成誦員外府君蚤歲宦游京師公甫十歲而季夫人與趙夫人相繼沒公侍大父撫幼弟囏難刻厲以自植立而學業益以進下筆爲文數百言可立就弱冠游京師適員外府君仕高麗乃往候焉居久之員外府君捐館舍而繼母實生弟海年尚幼公

泣謂海曰天禍我家我父棄諸孤萬里外今吾奉櫬南還爾其留此以事母他日吾當復迎吾母與爾矣舟行一日泊大崖下夜夢父老語之曰此崖且崩宜急避驚覺趣移舟俄頃大風雨至崖果崩墮水聲如萬雷霆人謂此其孝感所致云既歸葬遂廬于墓左悉取諸子百氏天官地志兵謀醫藥術數卜筮佛老之書而研究之然於醫尤精常曰窮而在下者不能及物唯醫可能濟人耳乃建藥肆市中有以疾病來告者輒與之藥弗與計直也至正壬辰江淮俶擾盜賊蔓延閩浙閒由建之浦城松溪入龍泉公歎曰浙水東地氣白矣生民無所賴禍將及矣乃集鄉民共為守禦計而結寨於湖山於是處州境內民相挻為盜江浙行省調萬戶石抹公宜孫戍處州辟公參謀其軍事一見懽如平生石抹公喜曰吾事

濟矣胡公籌策今無與比區區小醜不足平也即檄屬縣募壯士為軍十日間得數千軍于竹口傳檄賊中曰爾等皆良民因詿誤故為亂棄仗即仍為良民耳賊中傳相謂曰胡君長者其不欺我盡歸之盡燬器械相率肉袒來請罪公一綏之以恩餘寇次第而平歲甲午二月石抹公還臨海公亦歸隱於湖山三月溫州戍卒韓虎陳安國殺主帥據城叛行省命宣慰使恩寧普討之道由處州辟公計事公與語意合軍事請公參謀之公曰除暴所以救民今溫城叛者止一二人若破其城玉石不分如平民何此宜以計取不可以力攻也乃遣辨士入城說其黨曰韓虎陳安國悖逆亂常今王師致討大兵四集旦夕即攻城雖金湯無不破者若等胡為為賊守自取作虀粉耶今將軍念若等未忍即加兵若等能去逆

守自以往捕賊卯令諸軍令事未即日守其章者事云遽
請大吏可奉旦夕入城議合無不能告者學令亂是總
公遂與士大夫林言其實曰錄先朱國寧近亂當今主帥貢
吾所以守五百下分内何以宜十軍不可以分支也
車壽公參林卒公曰余泰舟以被又今數者土一二人
令宮民史守學會之竟由宸所縣公詩事公與語吉合事
隨公子以山三月守温州苦子韓先陳安國設公三師齊猶行公總
之公以曾寇大而亦千丰于二月不林公遭騰舞公禦敵齊行亦攝
長者其不可以其盗源之言實諸橫胡和肉目米請前公一戲
叛因言語攻者亂兵仗所作盡民耳與中擇相背曰甸可得
壯士為軍十日間得數十軍于將口傳撫與中曰爾守指良
濟矣胡公善撫人與與世遇小亂不及平也即以羅來

以處州降公來諸兵軍事一切禀命于主石抹公書曰吾嘗
然是處州境内民相怯為盜江浙行省謂萬户石林公宜孫
民無所歸而禍將及矣乃以兵捕之盜聞而皆來於湖山
浙閩由建之浙東之人皆義公之功曰浙水東地崩白泉之
去亂與之際事竟計直也王正于兵江值設陳使進畢淵
不能及物惟謂下分可使人耳乃遷慕華市中有以公病來吉
數十萬其人之書而守究之人來以象之精吉曰彼帝正于諸
臨以歸至於屬于萬人取諸于可大天官也吉兵設讓論語
大度而生書果本而不求堅教雷奮人謂其革亂有徵敦之
言下接夢人者語之曰此諸且浙后多寧處所中捕由
其留於公事中也曰吾富但理平堆盈雨夫非行一日而大
者謂海曰夫所可林家以父集諸林事里行公吉帝言書國

效順悉從原宥苟稔惡不悛城一破悔無及已其黨聞語已感相向泣曰吾屬自度皆旦暮鬼耳今乃蒙將軍開生路敢不惟命六月果殺韓虎等以城降溫城瀕海民以漁為業是時城閉者三月民病甚公即請發粟賑之事有不便者皆為之更除驩聲載道曰吾民早得見胡君豈至顛沛如是耶恩寧晉公欲列公功以聞于朝公謝曰幸遇明公為知己得效寸尺志願足矣何以功為既而恩寧晉公以行省參政總兵番陽復辟公與俱行軍務無巨細悉諉之信任之者益至歲丙申六月青田潘惟賢葉仲賢聚衆為亂聲言攻龍泉縣長吏聞風遁賊遂焚縣治公之師曰王先生毅與門弟子集義兵擊退之縣長吏及里中惡少年疾其功因害王先生公時在番易聞之馳而歸語同門友曰昔毛術能為師復仇吾徒顧不能耶乃引兵執害王先生者盡殲之遂從事於青田而麗水之浮雲泉溪賊並起歲丁酉春縉雲之黃村松陽之白巖遂昌之大社無籍之民盡為賊勢連結不可遏行省丞相康里公承制以石抹公為行樞密院判官分院鎮處州既至即假公本院行軍都事總兵以討亂九月攻泉溪賊寨拔之十一月又平浮雲歲戊戌正月白巖賊來降五月縉雲賊亦平八月移師攻遂昌賊酋周天覺方友元傾其巢穴出迎敵公望見咲曰此非天授我乎使賊堅守窟穴未易即殄滅今日之來送死必矣乃分部諸校以正兵與接戰以奇兵左右翼夾擊之別遣游軍入山搜其伏匿比戰賊三面受擊大敗斬首數千級生擒八百人獲方友元梟之乘勢直擣大社周天覺降乃班師歲己亥秋以兵討青田賊黨金德安誅潘惟

賢兄弟以降於是處之境內諸賊悉平矣先是國兵取淛東
衢婺既下獨處州為石抹公所守不肯降是歲冬
今上皇帝遣僉樞密院事胡公大海由間道取處州石抹公
出戰敗北大軍遂入城而分兵取屬縣未附者公時以假元
帥統龍泉慶元松陽遂昌四縣兵欲閉關為拒守計四縣士
民咸請于公願內附以全民命且曰公治兵十年勤勞亦至
矣而朝廷未聞有一命之錫國家則負公公何負於國哉公
知時事已去不得已挺身見胡公而四縣因得不受兵
上素聞公名驛召至南京待以殊禮居無何擢中書省左司
員外郎　上日與公議論天下事公有言　上未嘗不稱善
也歲庚子秋命公相龍灣虎口形勢築一城以衛京師工不
煩而事以集歲辛丑秋有旨命公還處州招集舊所部將校

士卒以從征西歲壬寅春從　上平江西命公以親軍指揮
領兵守吉安會淛東苗軍叛婺守將既被害而處城亦為其
所據　上命公以所部兵馳還復處城比至城已復即除公
淛東行中書省左右司郎中總制處州軍民事時山寇乘苗
之亂往往竊發公隨方招捕凡首惡者盡誅之於是守兵猶
單寡公募之得勝卒萬餘人軍需粮餉雖取給於民而民素
受其惠咸樂輸之無敢後時江西俱食淛東塩而有司十分
抽其二商賈絕少公請二十分取一從之販者乃通軍用以
給歲癸卯春諸暨守將謝再興以城叛兵犯東陽平章李公
擊郄之公引兵為之援因建議以諸暨淛東藩障諸暨不
守則衢婺不支矣乃度地距諸暨五十里五指巖下別築一
城不旬日而成樓櫓據栅靡不畢備　上聞諸暨叛遣使議

別爲城守計使者至城已完　上嘆賞不已已而浙西将李伯貞大舉入寇兵號六十萬頓城下城堅不可攻迺引去

上念公立城之功遣名馬賜之青田之蘆茨地接閩境人素獷悍恃其地險惡屢叛屢服至是乘我師在外復爲寇公還引兵直抵其地二十年逋誅之徒悉就殄滅人咸快之歲甲辰秋温州方明善取平陽時平陽已爲我所有公出偏師復之併復瑞安所侵地而親領大軍攻温州明善窘蹙乃與其叔國珍議納歲貢銀三萬兩有旨俾班師公迺入覲

上欲遂柄用之公以邊境未寧願還守外以自効時

上既即王位迺除公王府參軍仍總制處州等翼陛辭

上諭之曰倭閩浙俱平當還汝中書矣歲乙巳春福建陳有定來寇邊公率師往征之遂取建之浦城繼而建之崇安建

陽二縣亦俱下　上遣使賜以所御名馬將士賞勞有差建之守將阮德柔以兵四萬屯錦江實出我師後公還兵擊之破其二栅有定大恐盡率精鋭來圍我營公突陣與决戰馬蹶因被執有定既得公甚相禮待公因具道　主上神聖四海歸心群雄樂爲之用且援竇融歸漢故事以撼之有定初無害公意會元使至督迫之公遂遇害于福州得年五十有二訃聞　上痛悼不已遣使即其家祭之命中書議加䘏典追封縉雲郡伯有爵而無階官職動者有司之制未備也公天資穎拔智識絶人其於藝術弗學則已學之無弗精詣者性倜儻好施予賢士大夫有貧乏者傾囊以餽之弗吝也其守鄉郡凡五載馭民一以寬厚用兵十餘年未嘗僇一卒恩惠及人甚多故其沒也聞者無不流涕鄉人爲立祠以祀之

公先配項氏先五年卒生二子長曰楨今為宣武將軍僉處州衛指揮司事次曰杞女一人適同里章存厚繼室楊氏故中書左司郎中元杲之妹也公既沒之二年楨等乃刻木為像具衣冠以楚實附于圜原先塋之次會國兵既取閩俘有定至京　上命楨亹其肉以祭公禕辱與公交二十年知其為人學贍而才裕慨然有志於功名者也遭時叔季未及有所樹立及既結知　真主庶幾有以自見於事功矣而昊天不弔不及竟其才之用以究其志之所欲為豈非其命也夫公當定謚於奉常立傳於　國史而勒銘於神道然行狀久未克為於是楨來以為請誼不得辭謹為攟摭其平生大凡而具書之雖於公之韻識淵度無能有所發揮庶幾無愧辭者矣

翰林學士承旨宋公行狀　鄭楷

先生諱濂字景濂世為婺之金華人也其先有諱憲者官大理丞為易講師弟子衆至數千人唐武德間自京兆尹遷吳興更十四世有諱榮者私謚文通先生通尚書春秋周廣順中徙于義烏隱居覆釜山又七世至宋嘉定初有諱柏者復遷金華其地曰潛溪又五世乃至先生始遷浦江仁義里之青蘿山仍以潛溪扁其所居示不忘本也於是四方學子咸以潛溪先生稱之先生在妊七月即生為嬰兒時苦多病每風眩輒昏迷數日祖母金及母陳更相保抱得免無虞年六歲入小學授以李翰蒙求一日而盡自後日記二千言同肄業者日暮罷歸其所讀書先生皆成誦九歲為詩歌有奇語人異之呼為神童年十五六里人張繼之長者也聞先生善

[illegible]甚矣

翰林學士承旨宋公行狀　鄭楷

先生諱濂字景濂[illegible]

[illegible]

記誦邀至別墅所問以四書經傳若干日可通倍先生以一
月為答初繼之不之信抽架上雜書俾即記五百言先生以
指爪逐行按之抆畢輒倍一字不遺繼之告先生之父尚書
公曰是子天分非凡當令從名師即有成爾乃携入城府受
業于聞人夢吉先生授以春秋三傳之學凡學春秋者皆苦
其歲月先後難記先生即弁列國紀年能悉誦之但舉經中
一事即知為魯公幾年幾月是年實當列國某君幾年幾月
或俾書而覆之無少異者且兼通易書詩及周禮諸經先生
為舉子業每出諸生右會吳貞文公萊授經於白麟溪上攻
古文辞金華胡君翰亦來從學胡君致書于先生曰舉子業
不足囿景濂盍來同學古文辞乎先生欣然來從吳公傳極
經史學之未幾悉得其閫奧自是先生文章之名籍然著聞

矣居無幾何吳公解館而歸先生嗣主教席子弟年十六者
皆相從讀書講道東明山中受業者一門凡四十餘人始終
越二十年學成多有躋膴仕者當是時曾伯祖貞和府君主
家政年踰八十端嚴方正先生年甫四十又五終日毅然賓
主人尤高之府君方著家規示子孫其冠婚喪祭儀制禮文
多參問於先生先生則據證古今準酌時宜以成一家之法
子孫世守詩禮之教者先生之力也先生嗜學日篤時柳文
肅公貫黄文獻公溍皆大儒天下所師仰又各及其門執子
弟禮二公則皆禮之如朋友柳公曰吾邦文獻浙水東號為
極盛吾老矣不足負荷此事後來繼者所望惟景濂以絶倫
之識而濟以精博之學進之不止如駕風帆於大江中其孰
能禦之黄公曰吾鄉得景濂斯文不乏人矣先生所為文多

經二公指授柳公謂其渾雄可喜黃公謂其雄麗而溫雅國
子監丞陳君旅序先生之文謂能兼二公之所長歐陽文公
玄謂非才具衆長識邁千古安能與於斯先生爲當時所稱
許如此二公相繼卽世先生踵武而起遂以文章家名海內
矣至正己丑用大臣薦擢先生將仕佐郎翰林國史院編脩
官自布衣入史館爲太史氏儒者之特選先生以親老不敢
遠違固辭會世亂益韜閟不事表顯乃與弟子入龍門山著
書二十四篇曰龍門凝道記及著孝經新說周禮集註等書
弟子乃先公貞孝處士諱濂府君也初宋南度後新安朱文
公東萊呂成公並時而作皆以斯道爲已任婺實呂氏倡道
之邦而其學不大傳朱氏一再傳爲何基氏王柏氏又傳之
金履祥氏許謙氏皆婺人而其傳遂爲朱學之世適先生既

間因許氏門人而究其說獨念呂氏之傳且墜奮然思繼其
絕學每與人言而深慨之識者又以知其志之所存蓋本於
聖賢之學其自任者益重矣先生於天下之書無不讀而析
理精微百氏之說悉得其旨要至於佛老之學亦所研究用
其義趣裁爲經論類其語言實諸其書中無辯也誠意伯劉
君基謂其主聖經而奴百氏馳騁之餘取佛老語以資戲劇
譬猶飫粱肉而茹苯飲著汁耳歲庚子
大明皇帝定鼎金陵遣使者樊觀奉書幣造門徵先生先生
曰昔聞大亂極而真人生今誠其時矣遂幡然應
詔先生與青田劉君基麗水葉君琛龍泉章君溢俱見
上尊重之語必稱先生而不名七月以先生爲江南等處儒
學提舉十月奉　旨入內授　皇太子經先生誠明儼恪遇

學既年十月　日奏　召入內殿　皇太子就學先生講論明經以道德
上賓享年六十有二　先生而不名十月以先生為江西布政使
語先生嘗謂四明楊先生某水華蓋殿大學士主試者論之以進
曰吾聞入聖之學而五經四書諸子百家之言有所未盡則
明曾以謂其深本於文書言曰讀詞則求十
居其言土正經於故文百文正言以處人餘家求說諸以論曾白謂
其奧旨諸經及公學學者未之能言也先生獨有得於心而本於
理精微之言其於百家之言則有所辨而後取之所以不惑於人
聖賢之學與其自任者重矣則其次第本末先後之序亦不可亂
學者之與人言而不知其要則所以為學者之本而已矣
開國以來其學之者

金華自何氏受業於黃氏乃安定人而其傳遂為朱學之世適先生注疏之
人則以其學授之於許氏一再傳而何氏王氏金氏以文學倡之
公東萊呂氏之學與朱子並而不以所學授門人者本之文
其于乃有先生之學者以為何王金許氏之學者數書
書二十四卷曰論語孟子書易集注考證諸書
讀書叢說及詩集傳名物鈔
自許文公以來學者皆以先生之學為然
其全在其人用大學之書以為主而以文章
許文公相與論學於先生之門者
吉禮之書於古者
于是書者三公之文
學三公之書

綱常大義諄諄開陳再三言之而不倦　上深嘉歎之壬寅
八月　上召先生及呉國孔克仁講春秋左氏傳畢先生起
曰春秋乃孔子襃善貶惡之書苟能遵行則賞罰適中天下
可定也是月告歸省親有白金文綺之賜且曰御之誠愨朕
素知之故有此賜耳甲辰十月改起居注先生侍
上左右知無不言補益甚夥明年正月　上御端門與先生
論及黄石公三畧且曰釋之先生進曰尚書二典三謨帝王
大經大法靡不畢具願　陛下留意講明之　上曰朕非不
知典謨爲治之道但三畧乃用兵攻取時務所先耳嘗侍
上語賞賚先生曰天下以人心爲本苟得人心帑藏雖竭無
傷也人心不固雖有金帛何補於國耶　上詔丞相李公善
長歸江西軍中所掠牛於其民無牛者官給之勿取其租丞
相退　上顧先生曰向所言事當乎先生對曰民富則君不
至獨貧民貧則君何能獨富捐利於民實興邦之要道也三
月先生以疾告　詔還家療治仍賜金帛　皇太子致贈有
加焉六月先生上箋謝　恩復奉書　皇太子勉以孝友恭
敬勤敏讀書無怠惰毋驕縱脩進德業以副天下之望
上覽書喜甚召　太子語以書意且　賜書答其畧曰曩者
先生教吾子以嚴相訓是爲不佞也以聖人文法變俗言教
之是爲疏通也所守者忠貞所用者節儉是爲得體也昔聞
古人今則親見之復以文綺侑書　上每與群臣言先生淳
謹君子輔導有方眷遇甚隆既而先生丁尚書公憂及服除
洪武二年　詔徵先生總脩元史六月除翰林學士亞中大
夫知　制誥兼脩　國史時編摩之士皆山林布衣發凡舉

倒一印於先生先生通練故事筆其綱領及紀傳之大者同
列歙手承命而已逾年書成先生之功居多時剖符封功臣
下先生議五等封爵召宿大本堂討論達旦先生歷據漢唐
以來故實量其中而奏之曰此可法彼不可法皆傳於理而
巳時甘露屢降　上問災祥之故先生對曰受命不于天于
其人休符不于祥于其仁是以春秋不書祥而紀異為是故
也　上姪文正以荒淫擅殺得罪先生言曰文正罪固當死
陛下體親親之義生之而置諸遠地則善矣　上嘗言古之
帝王當宴安之餘多好神僊以朕言之使國治民安心神恬
康即神僊也先生對曰漢武好神僊而方士至梁武好佛而
異僧集皆由人主篤好故能致之使移此心以求賢輔天下
其有不治乎　上深然之　上既追封外王父為楊王立廟
京師御通天冠絳紗袍以祭祭畢召大臣問曰朕祭外王父
卿等以為不當服衮冕何也先生對曰衮冕惟祭天地宗廟
用之餘則當降禮也　上嘗祀方丘患心不寧先生進曰孟
軻有言養心莫善於寡欲審能行之心清而身泰矣
上稱善久之三年十二月遷奉議大夫　國子司業　國子
多大臣子弟先生蒞之以莊率之以正日進諸生立兩序據
坐執經敷揚闡奧之旨教以孝悌忠信之道學者帖帖遵度
惟恐不得為先生弟子　上欲試先生以吏事四年八月授
安遠知縣五年二月召為禮部主事十二月擢　太子贊善
大夫階如司業時先生之忠誠久而彌篤　皇太子一言一
動皆以禮法諷諭使歸于道讀書至切於政教及前世興亡
之故必拱手揚言曰若國子民之道當如是不當如彼且推

又以公抒千慮之區區千窮入直當當身不當效自效
輿旨以進去諷館史請十通讀書至別於以效及前世與亡
大夫陳次司業呂希哲之書皆入而通曉 皇太子 一 詩 書
於進大學生年二月始遷邇英閣主事十二月講 大 一 十 論 語 讀
主德不見今卷光十書十 上 欲法先王之意以更為四年八月發
生勤節與禹湯圖以自強以者事行法高宗以邇聖言
多大臣于帝未萬之以法皇之以臣日講讀主亦可興補
上稱書又大三十十一月德秦義大 大 國中言樂 國子
輔吉言者以異書亦字以審能行之以清在實奈先
用之講日富各書言 上嘗謂方古志不得去主進日在
御井以於不當服於頗問也先主于時日於是進奈天地字朝
京師由通天下科論以於宗畢日大臣問日承法於王父

其有不以斧 上采詳之 上既進封於王以為備至立朝
與旨未名田入夫都不好前朝主之法及此心以求當補天下
官曰神史官其先主學已實在好神言法乃士以至米在功在而
亦于當勸而之以安為之好神律以而文此國以及言以中詰之
呼不體報諭之事主之而不實講朝以此則書等 上嘗言古之
也上經文王之以業淺圖之故得者行主言曰文王非同嘗說
入中於不于詳十其古是以春秋不書祥而紀事為失故
其有甘露其 上問次旨之可先主法而不實命不可天下
君以來之言其中而表之曰此不可去者使不為理而
不以先主書之事其書合宮人大夫堂之詩進其亦博書言
初以詩者命而通于書所先主之功吾多拜三以詩以居
向一行公卒主生宣講以書其問以文帝學以大告同

人情物理以明其義　皇太子毎斂容嘉納敬禮未嘗少衰
言則曰師父師父云且書舊學二字以賜先是　上問帝王
之學何書最要先生請　上讀眞德秀大學衍義
上覽而悅之令左右大書揭之兩廡之壁時睇觀之六年十二
月　上御西廡大臣皆侍坐　上指衍義中言司馬遷論黃
老事令先生講析俾在坐者聽之先生既如　詔復言曰漢
武嗜神仙之學好四夷之功民力既竭重刑罰以震服之臣
以爲人主能以義理養性則邪說不能侵興學校教民則禍
亂無從而作矣刑罰非所先也　上謂先生曰朕之爲君上
畏天地下畏兆民兢兢業業不敢自逸先生對曰　陛下此
心古先哲王之心也書曰予臨兆民凜乎若朽索之御六馬
爲人上者柰何不敬正謂此爾頃　陛下愼終如始天下幸

甚　上御齋室先生侍坐　上問三代歷數封疆之脩短廣
狹先生歷言之且曰三代之治天下也以仁義故歷年之多
後世莫及　上從容謂曰　皇太子留心治道卿等宜常與
論議廣識見幸善調護之先生益孜孜弗懈七月陞翰林
侍講學士中順大夫知　制誥同脩　國史仍兼贊善大夫
先生之父文昭贈中順大夫禮部侍郎毋陳氏贈德人先生
奉　詔搜萃歷代姦臣之蹟編爲辨姦錄及進　太子諸王
各分賜焉初　上作祖訓錄至是成　命先生作序諭以大
意先生歷言帝王之道及　皇上創業之艱以致儆戒之意
於後人　上稱善命刻于篇先生嘗侍　上至後苑觀稼
上曰農事成矣先生對曰國以民爲本民以食爲天
陛下知稼穡之艱難而念民生之良苦實盛德也　上問曰

三代以上所讀何書先生對曰上古載籍未立不專讀誦而尚躬行人君兼治教之責躬行以率之天下有不從教化者乎八月奉　旨纂脩大明日曆一百卷擇言行之大者爲寶訓五卷先生總裁其事朝夕禁中至七年五月乃成先生自以布衣沐非常之遇誓竭誠以報　國凡　上有所任使靡晝靡夜躬閱載冊書于牘進之或覆視于冊一字不遺先生在朝日久若郊社宗廟山川百神之典朝享宴慶禮樂律曆衣冠之制四夷朝貢賞賚之儀及勳臣名卿焯德耀功之文承　上旨意論次紀述咸可傳於後世先生在　上前所陳說不爲文飾隱蔽雖家事苟有問亦一一道之常曰君猶父也天也其可欺耶　上嘗問昨日飲酒否座客爲誰饌爲何物悉以其人及膳羞品對　上笑曰卿飲時朕令人視之果如卿言卿信不欺我故　上久而益信其誠欲俾參大政先生辭曰臣少無他長惟文墨是攻今幸待罪禁林陛下之恩大矣臣誠不願居職任也　上愈厚之每宴見必命茶賜坐每旦令侍膳詢訪舊章講求治道或至夜分乃退先生屢有所建明召問廷臣臧否第言其善者不置又問否者爲誰先生曰善者與臣友故知之否者縱有臣不知也率無所毀短或命賦詩爲文必寓忠告嘗奉　制詠鷹令七舉足即成有自古戒禽荒之言　上忻然曰卿可爲善諫矣然先生絕不以語人至於應　制之作亦不留藁署溫樹二字於居室之壁有問及內事者指以示之　上嘗與先生飲先生素不勝杯勺舉觴即辭　上强之至三觴面如赭行不成步　上歡笑親御翰墨賦楚辭一章以賜仍命侍臣咸賦醉

[illegible]

學士歇且　曰俾後世知朕君臣同樂若此也甘露降
上召先生賜坐　上躬執金杓煉湯於鼎以甘露投之手注
于卮以賜先生曰此和氣所凝能愈疾延年故與卿共之耳
皆異恩也九年六月　上以先生久典制作宣勞為多特拜
翰林學士承旨嘉議大夫知　制誥兼脩　國史
上每謂先生曰朕以布衣為天子卿亦起草萊列侍從為開
國文臣之首俾世世與國同休不亦美乎趣令取子孫官之
先生屢辭謝不敢奉　詔至是年某月　詔徵先生冢子瓚
之子慎為殿廷儀禮司序班未幾復召介子璲除中書舍人
上時休暇輒命題試璲與慎而戒飭之　上笑語先生曰朕
為卿教子孫先生或奏事久稱倦　上命璲慎共扶下殿祖
子孫三世皆官內廷當世以為異事復以先生艱於行步特

詔　皇太子選良馬以賜　上親作馬歌復　詔群臣咸作
之以寵耀焉先生益感激不自寧常戒子孫曰　上德猶天
地也將何以為報獨有誠敬忠勤畧可自效萬一耳
上以先生年且至不可煩以事十一月有致政之　詔乃加
贈先生之父侍郎為嘉議大夫禮部尚書母德人為淑人祖
德政贈亞中大夫太常少卿祖妣金氏贈淑人夫人賈氏封
亦如之先生及二代　誥辭皆　上所親製天下榮之
誥辭中稱先生德量之弘如千頃波澄之不清撓之不濁人
以為　上知人之明云先生行既有期　上眷念尤深曰卿
去何時復來見朕乎奉相侍數日姑徐徐行由是朝夕左右
者累月時　詔許言事朝臣有上疏萬餘言者　上聽厭其
迂衍怒欲罪之以問群臣有阿意者指其疏曰此不敬此誹

[illegible]

誘罪當誅　上笞之而罷怒未解召先生先生曰彼應
詔上疏其心爲國耳烏可深罪乎　上默然已而　上覽疏
中有足采者召阿意者罵曰吾　怒時若等不能諫乃激吾
誅之何與以膏沃火向非宋景濂之言幾不誤罪言者耶
上嘗廷譽先生曰古之人太上爲聖其次爲賢其次爲君子
若宋景濂者事朕十有九年而未嘗有一言之僞誚一人之
短寵辱不驚始終無異其誠所謂君子人乎匪止君子抑可
謂之賢者矣在廷之臣皆以爲信然十年二月先生遂辭歸
瀕行賜紙幣文綺及　御製文集　皇太子贈以衣三襲
上諭曰朕最愼于賞予嘉卿忠誠可貫金石故以是賜卿卿
今年幾何矣先生曰六十有八　上曰藏此綺俟三十二年
後作百歲衣也先生叩首謝　上復屬曰大江漲不可舟卿

宜循内河達家庶幾無虞仍俾愼護先生行先生至家卽拜
表遣愼詣　闕稱謝仍上箋
上賜　詔褒答大旨謂先生忠良之臣勳業既著文章必傳
功成身退惟先生獨全初先生將辭請歲一來朝是年九月
朔先生遂入朝越十又四日見於端門　上佇想已久廷問
累矣及見大喜加勞再三　皇太子諸王皆驩動顏色越翌
日　上降勑符遣儀曹奉醪膳諸物抵寓館以賜自是日侍
上遊歷觀闕盤旋禁籞詢諮備至便殿侍食日晏始退恩禮
之優群臣莫敢望　上嘗喟然嘆曰純臣哉爾濂純臣哉爾
濂方今四夷皆知卿名卿其自愛先生避謝不敢當凡所陳
論皆古之格言朝廷百官惟恐不留先生下至寺人衛卒見
先生至皆以手加額相推排迎拜恐不得先覩先生留

宗正卒以手[illegible]律[illegible]年[illegible]不可得[illegible]先生[illegible]
論古今之格言[illegible]有宜[illegible]不安先[illegible]七十[illegible]入請字[illegible]
濂大今四夷[illegible]御其[illegible]愛先生[illegible]不[illegible]當子所陳
之復相[illegible]冒[illegible]職[illegible]上書請然漢曰絶[illegible]故國[illegible]
上遣[illegible]顧[illegible]詔[illegible]至便[illegible]侍食[illegible]合[illegible]遺
曰上[illegible]許[illegible]遣[illegible]請[illegible]以[illegible]自[illegible]上[illegible]侍
累[illegible]見大喜加學[illegible]三　皇太子請　上[illegible]
朝[illegible]先生[illegible]入朝[illegible]十又四日見於門[illegible]一[illegible]又[illegible]
功成身退[illegible]主獨全而先生[illegible]
上賜[illegible]言[illegible]先生中[illegible]之臣[illegible]文章之傳
承遺[illegible]關[illegible]上[illegible]　皇太子中明正心治國之要
宜[illegible]先生行[illegible]拜

復作百歲衣也先生叩首謝　上復賜白大江綵不可舟御
今年幾何矣先生曰六十有八　上曰藏此綺俟三十二年御
上論曰朕[illegible]賞予嘉卿忠誠可賞金石以是賜卿御
撰行賜[illegible]大[illegible]文　御製文集　皇太子御以[illegible]文三[illegible]
濂之賢者[illegible]任[illegible]之臣[illegible]以為信然十年一月先生[illegible]歸
譜[illegible]禮[illegible]治[illegible]其[illegible]所謂字子入[illegible]止者[illegible]可
奉[illegible]景濂事朕十有九年而未嘗有一言之偽誚一人之
上嘗[illegible]先生曰古之人太上為聖其次為賢其次為君子
詠之[illegible]向[illegible]言[illegible]宋景濂[illegible]言[illegible]不[illegible]聖[illegible]言[illegible]
中有[illegible]未[illegible]古[illegible]曰吾[illegible]　[illegible]
語上[illegible]以[illegible]為國[illegible]　上[illegible]
[illegible]　上[illegible]先生[illegible]

朝七旬餘　上重先生還而難言之先生以歲暮力辭還復遣中貴人賜上尊至於道所經行皆　上爲先生指畫聖心惓惓愈加於昔及先生既行數日　上問璲曰爾父道中無恙否璲以安對未幾復謂璲曰朕疇昔之夜夢見爾父笑談如曩時爾父雖去其容儀儼然在朕目中也璲叩頭謝曰非陛下垂念臣父之至何以形諸夢寐中書舍人史靖可太子正字桂彥良等皆爲詩歌以紀之　上之眷重先生不忘如此先生德尊而不居位顯而彌恭既司制作之柄造門求文之士先後相繼蠻夷朝貢者數問先生安否日本得潛溪集刻板國中高句麗安南使者至購先生文集不啻拱璧而先生翕然自持似不能言者遇人拜雖三尺童子必詘膝而首下焉至於公侯貴人則未嘗降下曾不識其門何向朝廷有

大議闔闢引古今辯說不少有所回性命之理晚而益究其極外物之往來視之若不相干嘗曰古人之爲學使心正身修措之行事俯仰無愧而已繁辭複說道之蔽也先生作事不尚表襮務合乎義教人皆隨其質而導之使入於善尤篤於倫品處父子兄弟夫婦之間者皆可爲法與人交和易任眞無鉤距縱爲所紿亦弗與較臨財廉非其分不取大書於門曰寧可忍餓而死不可苟利而生君子以爲名言權要及有力者苟非其人雖置金滿橐求一字不肯與縱不得已與之亦不受其餽謝日本使奉勑請文以百金爲獻先生卻不受　上以問先生先生對曰天朝侍從之官而受小夷金非所以崇　國體也　上深然之貧賤人情有可哀欲發潛振幽即欣然爲之先生四持文衡試天下士得人爲多接引後

遊宦從容先生因請文衡苑大下吉有入道之學從
所以業 國體也 上深然之文人貧賤入詩句可以承顏
愛 上以開先生嘗對曰天下顧得從以官豈汝卜美金非
汝亦不免其讓辭日本使奉勅請文以百金爲壽先生却不
有尤責詢其入貢金爲書求一字木肯與漢不得已與
問曰宋學士可以殿而宛不可制而生乎以爲名言壽與及
溫興論理無窮而所給不勝數與較臨則遂其不取大書於石
於倫品陵又以十兄弟夫婦之間者有可爲法與入文和易任
不尚表暴務合于義故人皆信其質而尊之從人亦於先鬻
修計之行事所以無備而已及歸從容道之赦也先生作書
極外物之往來有不相干嘗曰古人之無營使心正身
大統而聞見古今論說不少有所回性命之理論而蹟其

皇明文衡卷之六十二　二十三　一

下嘗至於公族貴人則未嘗降下曾不識其面向朝廷有
主聘以自詩以不能言者還入拜送三尺童子必謝病而言
刻校圖中官命各安西夜落至誦先生文朱不言共語而先
之士先後相繼書與讀者數問先生究否日本保措來讀
此若生孫道不居位顯而以爲禰參酬刊制作之福門未文
王宇推真奔甘落詩夢以紀文 上之恭重先生不忘知
陛下垂念臣父之至何以形諸夢寐中書舍人夫請可太子
知蒙詳爾父雖去其名猶在也遂中顧讚曰非
先不盡以安誠未幾復請所履讀曰爾父真謹
帥憶愈加於昔又幾先生所履行數曰 上問遂曰爾父畫中樂
臣中貴人與 上尊至於道所行皆 上命先生善有心
朝廷有命 上重先生屢而雜言又先生以謹於侯度

學惟恐弗及遠方來者接諮而飲食之雖久不褻有小善必
衆譽之色温氣和近其側者如大寒之加重裘盛暑之濯清
風也天下之能文者多經先生指授朝廷英俊咸以先生爲
法初奉　勑教文華生數十輩至是出參大政爲御史知列
郡者相望四方士得一見先生參於人以爲幸承一言之賜
者人輙改觀視之不敢與齒士大夫言當世有德者必曰先
生而天下之人識與不識無賢愚咸推爲先生大人長者及
先生之歸　上面發後學無師之嘆盖先生之道内誠外恕
一出於正發之也當而行之也安故上下信服若是云雖已
貴顯平居布衣疏食無異貧士先生細目美髯狀貌豐厚不
爲奇異行以求過於人不事生產不置田宅或勸爲子孫計
先生曰富貴豈一家物哉吾乃所以遺之也先生惟刻意於

學自少至老未嘗一時去書不觀及致政歸青蘿山闢一室
曰静軒終日閉戸纂述人不見其面戒子孫毋至城市姻婭
有以郡縣事爲託者皆峻謝之或談及時事輙引去不與語
切於仁愛聞民有困乏者爲之不飽先生視近甚明夜燃燈
於几閣絲帷中閲蠅頭小書一黍上能作十餘字皆可辨點
畫人以爲先生不飲酒寡嗜欲所致豈或然歟先生所著文
有潛溪集四十卷蘿山集五卷龍門子三卷浦陽人物記二
卷已傳於學者翰苑集四十卷芝園集歸田已後所著計四
十卷十三年冬先生孫愼以罪被刑舉家當竄重辟
上念先生特降赦安置茂州十四年五月二十日先生以疾
卒於夔府臨歿端坐斂手而逝當是時夔之府守官吏皆來
賻贈哭奠葬先生於夔府之西蓮華池山下其經紀喪壟刻

石表墓者則知事梁以從也先生生於至大庚戌十月十二日享年七十有二娶賈氏名專字主敬賢而有德為女婦師前先生一年卒葬青蘿山子男二長瓚次璲有文行精篆隸真草四體書女二長適金華賈林次適義門鄭林孫男慎愷恂懌愠嗚呼楷自垂髫時嘗侍先公貞孝府君拜先生於床下先生不以童子無知即辱進而教之親承化育于茲有年矣第惟才質凡庸學如望洋有孤父師之教今聞先生謝世長慟莫知所從竊念先生道德文章固已顯著於當世而出處遭逢行事之盛世系遷從生卒歲月之詳尚恐人未盡知爰敢裒取翰林待制王 公禕先伯公太常博士諱濤君舊著小傳及同門友某 所作歷官記輯為行狀一通俟請當代立言君子著為碑銘表諸墓隧庶幾他日太常 國史有所採擇焉

故翰林待制華川先生王公行狀　鄭濟

公諱禕字子充姓王氏其先太原郡人五代時節度使彥超自會稽徙居金華之義烏遂為義烏人其後有曰固者游安定胡先生門登宋皇祐五年進士第卒官恩陽令南渡後有典方州積階至金紫食邑開國封男者至公之大父炎澤仕元為石峽書院山長父良玉常山東陽兩縣儒學教諭益以文學著稱母陳氏讀書知義理公之生也為元至正壬戌十二月十七日與山長公宴居初度前夕山長公夢五色芝産門楣翌日公生識者以為文章之兆公幼秀爽敏惠稍長習古學師事侍講黃文獻公溍是時文獻為文章宗工天下所師仰然性介特慎許可見公所業獨深器之即屬以斯文之

任至正戊子元政衰敝公慨然閔之乃攬天下事勢為書七八千言上之時宰嫉其切直格不以聞新安程公以文知公為文獻門人讀其文嘆曰吾青於藍氷寒於水其子充之謂歟臨川危公素太原郝公遠者圖大梁段公天祜一十有二人列薦於朝不報齊南張文穆公起巖率翰林儒屬又薦之亦不報有齊琦者得傳邵子先天數推言天人興衰甚驗見公嘆曰子充異代人物也公亦知世道終不可為乃歸隱青巖山中著書立言然深自韜晦若將有所待者歲戊戌聞大亂極而　聖人出齊琦之言良足徵乎即日詣行在大明太祖皇帝親取婺城以名聞遣使徵之公幡然喜曰吾上見大喜署中書省椽每商畧機務悉契

上衷益加禮敬語必稱子充而不名間與論文章稱善因命

采故實韻為四言詩以授　皇太子辛丑冬

上親征江西公進平江西頌　上覽而喜曰吾固知浙東有二儒者卿與宋濂耳學問之博卿不如濂才思之雄濂不如卿癸卯春授江南儒學提舉司校理未幾丁外艱乙巳五月服闋除侍禮郎兼引進使時當創國之初禮制多公所定是年冬除起居注嘉言讜論啓沃良多丙午七月除同知南康府事特賜黃金帶以寵勞之公治民本於仁恕而臨之以嚴平民咸服之丁未　上將即大位召還議禮明年戊申為洪武元年南閩初入職方以公出判漳州公宣布德澤俾以治南康者治之二年　詔脩元史召宋公濂與公同為總裁官二月入史局公於史事雅擅其長力任筆削之勞一無所讓書成六月拜翰林待制承直郎同　知制誥兼國史院編脩官

書成六月陞翰林侍讀承直郎同知制誥兼國史修撰侍講
二月入覲公兼修史事副總裁其長史仕筆削之務一出所裁
命進春宮太子三年　詔修元史公與宋濂同修纂總裁以治
洪武元年南闈初入職方以公出判府則公置官道臨汶以治
年且咸服文丁未上將印大臣召還議論明年以事為治
奉詔陽尚金帶以寵方大公從其本紀上所以召以公
年文修從日書經言讓辨及左遷公十一月以公南章
服闋除侍讀學士兼修通志時當會圖之初遭制公所定是
御製序卷後江南儒學提舉司校理未幾丁外艱乙巳日
二儒者衛與宋濂其學問之博而不及濂之精濂亦知
上親征江西公進平江西頌　上覽而喜曰吾固知而東有
釆故實謂為四言詩以獻　皇太子千年書奏

上褒益加禮敬語公稱于先而不名或問與論文章稱善因命
上見大萬壽宮中書省相與商略機務禁中密次
開大藏聽行　聖人出而講之文言良廣微平門日講行在
大明太祖高皇帝親取文以本之詔遺佚文公輔於嘉曰吾
幾山中書序言於宋公自詣論議肯有言成治文
公嘆曰予大興人物也公亦知世道務不可為乃歸隱青
亦不能有志於卷軍於中外公數推言大人與其亦見之
入到處於朝不能亦可文公道謙舉翰林院屬文薦之
與論于國公之太原亦公讀書圖大家段公天語一十有三
爲文章門人讀其文曰吉貴於語永樂方水其于古之謂
入千言上以時人類其時與相以圖前修程公以文知公
至正改于元政有成公與示開文乃撰天下事德書也

公當制代言凡大　詔令多屬焉三年二月奉
本堂公經明理達開導訓諭道光師儒每　召對殿廷必賜
坐久則賜飲饍一日在史館渴甚謂宋公曰得昨日
上所賜梨漿飲之吾渴濟矣也貴人竊聞之言于
上即命齋賜之其在翰林未久出使吐蕃未達境召還五年
正月又使雲南六月抵其境見梁王君臣而論之曰
皇上聰明神聖新創大業皆天命人心之所歸惟爾有衆僻
在西南未沾聲教故遣使者來諭意今能亟奉版圖歸藏方
則尺地一民按堵如故高官厚祿不爾吝也否則如魚遊釜
中終取夷滅時梁王君臣相顧駭服已有降意會元之遺孽
有自立於朔漠者遣使脫脫徵糧餉且欲連兵以拒我覘知
梁王有貳心因以危言必欲迫梁王殺我使以固其意時梁

王持兩可不決因匿公於民間脫脫聞之愈責讓梁王不得
已以公出見之脫脫欲以威屈公慷慨罵曰
天訖汝元命我　朝實代之汝如爝火餘燼尚欲與日月爭
光耶我將　命遠來豈為汝屈今惟有死而已寧以迫脅為
懼耶顧謂梁王曰汝朝殺我大兵夕至矣遂被害時六年癸
丑臘月二十四日也享年五十有二娶何氏子二曰紱曰紳
孫男五穆穰秾稔稙孫女三人公卒後之八年大兵平雲南
又十五年紳往求遺骸不獲因訪得公諱所擗踊號呼製神
主載回時雲南左布政使張公紞及前山西參政王公景彰
力為採摭死事之詳為文以暴白其大節公平生慷慨長身
山立屹然有奇氣人初見之若不敢即及夫一言之入則情
誼藹然恨相知之晚於經史百氏無不究其極其為文宏麗

沉雄機軸貫綜自成一家言天下大夫士爭傳誦之所著有
華川前後集二十五卷玉堂襍著二卷詩五卷續東萊大事
記七十九卷並藏于家公事
上十餘年服勤報効左右開陳非仁義之言弗道也天性至
孝友悌尤至先世田廬悉推以予兄弟其教子慈而有法在
官還書戒之曰寧人侮我毋我侮人故二子皆能以文學世
其家云惟公之至行大節其在天理人心者故所不泯而紳
也復以濟有世契之私幸嘗辱知於公者最久請狀公之行
故爲撫其大槩以備家乘之闕他日國史置傳太常議謚庶
亦有所考焉

皇明文衡卷六十二

皇朝文鑑卷第六十二

亦有所考焉

故爲擬其大槩以備家乘之闕他日圖史置傳太常議謚庶也復以濟有世契之私幸嘗得知於公者最久請狀公之行其家云惟公之至行大節其在天理人心者故所不泯而紳官還書戒之曰寧人負我毋我負人故二子皆能以文學世參政待尤至先世因屬悉推以言兄弟其數千言而有法在上十餘年排御史劾去大開東非仁義之言弗道也夫惟至

記七十九卷奏議于家公事

華川前後集二十五卷王澄集著三卷詩五卷續東萊大事

沂雅樂由質綜自成一家言天下大夫十年傳誦之所著有

碑

大明勑建太學碑　宋訥

洪武十四年夏

上詔羣臣曰王者受命武功文德相繼成治定天下以武治不以武也其崇文乎顧茲成均地隘而陋何以振文教朕相基於雞鳴山下高爽平遠豈天協朕心若藏此地俟興一代學乎羣臣稽首曰

皇上聖神斯文福也乃以

天子學制授諸冬官冬官臣恭奉

明詔夙夜匪懈楩楠豫樟來積如阜鑿山載石輿土築基梓人效藝以宏其制又遣金吾前衛親軍指揮譚格督其工凡堂有七彝倫所以會講率性修道誠心正義崇志廣業則諸生肄業所也會饌有堂庖廚有室井甃有亭物貯以庫餼廩蔬園重門繚垣回廊儲書兩堂之間東西有館助教正錄居焉東偏列室鱗次諸生處焉廟在學東亢以增基大成有門七十二賢有廡凡爲楹八百一十有奇壯麗咸稱自經始以來　大駕臨役者不一夫子而下像不土繪祀以神主數百年夷習乃華明年五月冬官奏廟學成十有一日

天子遣使祀先師以太牢禮畢胄子及民之俊秀登堂受業學之禮制備矣十又七日

上躬臨廟禮行酌獻再拜而退　乃達學學官率諸生進拜堂下博士臣龔斆執經祭酒臣吳顒講經既畢

萬乘是還此千載曠儀講而行之斯文增重矣六月一日

萬幾之暇延于儒臣講論經理行大道治天下重光六月一日
下博士臣某某曰祭酒臣某具聞講經畢
上將臨視國學遣禮部以告承事者諸生迄堂
學文廟制備矣十又七日
天子遣皇太子以太牢禮奠于先師及天下學官生
至春習樂明年五月合官生成十有一日
來　大聖臨幸以昔不一天下而下樂不士論以神主殿古
十十二鼎有四凡爲八百一十有六以樂并自以神主以
言東廊列堂以講生處所有東序以掌其大成有門
號圖東門南迴南書所堂之間東西有助以王樂居
生樂所止會講迴有堂有室并齋有所以其衆樂
並有士樂所以會講習性德心正養業其學則諸

入教樂以定其制又遣全工部尚書等官其工凡
明詔府教匪解議諸樂衣求禮又皇樂山樂古典工樂藥
天下學制設諸求官以賜恩恭奉
皇上雲神新文德道乃以
學子臣臣謹首曰
兼以祭陽山下萬世道永天樂成之若謙以前與一代
不以教也其業成世祭盛而同以禮文樂賜
上諸臣曰王者爲治文教樂成而天下以教
洪武十四年夏
大明國子事大學士　宋訥
中

上又賜勑文重諭冑子禁制防　過之法訓迪誘掖之意無不
至焉越一日
帝御奉天門詔臣訥文之于石　臣拜手稽首不敢以不文辭
承　命遂述興造始末爲之言　曰孔子之道垂憲萬世帝王
之興首建太學蓋學所以扶天　理淑人心也皇極由之而建
大化由之而運世道由之而清風化本原國家政務未有舍
此而先者或有未備則無以維　三綱五常之具示作人重道
之心
聖天子位居君師續道統于堯舜禹湯文武建學定規高出
前古凡我登堂養正游藝之士斯言斯誦相勉相誨無召斁
養則正人端士叢出而爲　國家楨榦作
聖子神孫之業萬世而無窮者當自今始頓臣膚陋敢不對揚
帝命式昭盛代之典文也拜手稽首而獻頌曰
於惟
聖皇臣伏萬方乘時經綸武偃文揚儲慶發祥載整乾綱乃
相學基維鳴山陽平遠高爽非麓非岡武煇京邑隱若天藏
考制定規
聖度邕量乃授工曹孰敢怠遑工師用勸效技允臧有廟有
廡有廊有堂鱗比而重龍起而翔登用儒臣教化昭彰佩服
鏘鏘弦誦洋洋正學有傳師道有常
萬乘來臨俎豆生光千載禮儀一代典章躬親講道超軼百
王　聖製昭宣啓迪激昂寵及青衿垂範流芳材育化崇殷
庠周庠立極作則遠紹虞唐德進英豪業修俊良股肱
朝廷都俞巖廊以弘文化慶祚　靈長顒佑　皇圖萬世無疆

朝廷命館閣儒臣以文行[illegible]修[illegible]　[illegible]　皇[illegible]典[illegible]

[illegible]

王[illegible]

[illegible]

[illegible]

[illegible]

聖[illegible]

[illegible]

[illegible]

[illegible]

[illegible]

帝命[illegible]大典文也拜手稽首而獻頌曰

聖天子[illegible]當自今始[illegible]

[illegible]國家[illegible]

前古[illegible]

[illegible]天下[illegible]

之[illegible]

[illegible]有未備則無以維三綱五常之[illegible]行乎人道

大化由文而運世道由之而清[illegible]國家[illegible]未有舍

以興[illegible]天理[illegible]人心[illegible]皇極由之而建

[illegible]言曰[illegible]王

[illegible]奉天門[illegible]

聖[illegible]一日

上又[illegible]

勑建歷代帝王廟碑

兩儀判而人極立大統建而君道明粤自上古神聖繼作代天理物以開萬世大平之治故天地以之而位四時以之而序萬物以之而育六經大本以之而立盛德相繼傳至于今

欽惟

聖天子受天明命肇修人紀以建民極纘皇帝王之正統衍億萬年之洪基稽古定制作廟京邑以祀歷代帝王重一統也相舊廟地介乎通衢褻而弗嚴洪武二十一年秋始命改作於欽天山陽越明年己巳夏五月三日工部尚書臣秦逵奏成功請文劖石詔臣訥爲之記臣忝職冐監懼不敢辭謹拜手稽首而言曰帝王功德於昭于天宜有清廟以宅神展敬歷世以來祀典斯闕三皇五帝祭於肆類僅見于周而堯

舜禹湯發迹肇基及所經歷之地或有祠焉遣使致祭後世有之至於合廟　京國歲修享禮古未之聞

皇上定鼎江左治功既成神人洽和禮樂明備凡廟祀之瀆禮不經謟神非法者一切去之正名定統肇自三皇繼以五帝曰三王曰兩漢曰唐曰宋曰元受命代興或禪或繼功相比德相侔列像于庭金玉其相衮冕煌煌聚精會神咸宅于兹每歲春秋二仲諏日誓士

上御宸極制命大臣齋明承事籩豆静嘉粢盛豐潔告克吉碩神格洋洋所以推惟本始式昭曠典者至矣三年則

命官奉香幣詣陵寢具儀物以時致享又以昭聖顯靈而示不忘也嗚呼天生民而立之君所以靖亂也康濟天下阜成兆民而登之仁壽之域者皆以奉若天道而已是故前乎三

代之官天下者天也後乎三代之家天下者亦天也皇帝王之繼作漢唐宋之迭興以至于元皆能混一寰宇紹正大統以承天休而為民極右之序之不亦宜乎秦晉及隋視其功德不能無愧故黜而不與是可見

皇上敦名實重理道崇德報功大公至正之心眞足以度越百王垂憲來世永永無斁謹為之銘曰

惟皇作極克配天地丕昭盛化以正大位皇道而皇帝道而帝歷夏商周三王迭繼熙熙皞皞同底于治於赫漢祖寬而有制光武奮興炎靈用熾唐興晉陽遂有神器太宗重光力行仁義明明有宋其德克類暨于元氏而亦用乂豐功茂德後先輝賁翼翼新宮有恤而閟貌像既嚴皇靈斯莅享祀苾芬儀文孔備陟降在庭神之攸暨祚我

皇明以克永世

追封徐王廟碑

陶凱

洪武四年夏六月丙申

皇帝御皇宮門召禮部尚書臣陶凱諭之曰

皇后父徐王馬氏世為宿州人家閔子鄉新豐里王本民家素質朴以兄弟齒序人稱之曰馬某王少壯時膂力過人沉毅寡言笑重然諾而性剛強疾惡見有為不義者視之若仇雖然或少忤其意輒肆毆擊雖至死無所畏憚鄉人莫敢犯當元政失馭天下將亂王以忿爭殺人恐逮於法移家定遠及天下大亂乃挈

皇后母避兵他所而以

皇后託定遠郭氏俾育為己女後郭氏首難自為元帥收郡

民兵朕亦為部下士遂以
皇后為朕之配既定天下即
皇帝位
皇后正位中宮封
皇后父為徐王母鄭氏為徐王夫人以他無繼嗣因立廟于
太廟之東歲時奉祭然稽諸典禮古無其義於是即王所居
鄉里闢地於塋封之南作新廟奉安神主每歲以春秋仲月
御有司祇奉祠事爾宜述其梗槩刻諸堅珉用垂不朽臣凱
既受明命竊惟人受天地之氣以生其得氣之厚而不薄者
性必剛勇果毅然有不得志於當時而澤及於其後者必顯
融光大此理勢之自然也今王有所抱負而無以發舒故常
存疾惡之心其憤怒所洩即以加諸人蓋亦豪傑之士哉使
遭逢盛際必能出將入相垂名簡冊而乃生不逢辰至身歿

之後以
皇后父而得追崇王爵作廟故鄉使山川改觀井里增輝又
豈非一出於天乎臣凱謹拜手稽首而為之銘曰
維此徐方代生異人乘時啓運蔚為王臣惟王之生質性過
厚不逢昌時深居畎畝王奮厥怒孔武有力摧強折奸以輔
彝則當元之季天下擾攘挈家避地東南其行英雄陸沉豪
傑未起抱恨重泉吁其已矣山川炳靈遺德所鍾篤生
聖女正位中宮
皇帝仁聖為天下父
皇后孝慈為天下母太姒嗣任則百斯男聖子神孫同千萬
年川原膴膴新廟奕奕與國同光永世無斁

歙縣孔子廟碑　　宋濂

歙漢縣也初屬丹陽自吳晉而下雖屢更爲郡若州而縣仍
舊名不廢其地爲東越奥區號多佳山野川如龍前行偃蹇
不受羈紫陽問政二山又矗起東南勢若翔鳳凰飛布紫
金諸峯又聳書于後先而黃山又直西北奇巒之不可名者
凡三十六丹崖翠岑分割陽陰而吐和降精於無窮故士之
生其間者或以氣節著或以道藝名時有其人近代尤稱多
士立言著書動足名家是固因山川之靈攸鍾其沉涵陶育
之者非立學之所致歟初學在縣治之東淳祐庚戌郡守謝
堂始建至大庚戌縣尹宋節至正甲申縣丞葉琛皆葺而新
之壬辰兵起而歙爲鬬爭之場官廬民舍焚蕩無遺而學亦
廢矣瀹烟荒照榛荊蔽途而狐兔或暮出衝人識者爲之徬

徨大息如是者十年辛丑之夏張侯齊來爲縣慨然歎曰歙
爲徽國文公父母之邦道德之化衣被天下雖時丁尚武而
其鄉學可久廢乎遂請于大府而經營之會故基已更搆紫
陽書院遂於書院之東立表考宜剪刈穢荒別畚新土充其
虧窪高爽塏疏有踰其舊中峙王寢象厥正配黼坐朱几嚴
事有容旁圖從祀於兩廡間外敞正門列以畫戟法庭端絜
域平密甃欄楯翼然術道直修外爲郛墉樹以三門上應靈
星榮光昭煥廟左別爲論堂直齋以處講師暨弟子員不啻
不修無營與齋經始於秋九月考成於明年壬寅之秋八月
侯帥儒師行釋奠禮牲幣有飭庭燎伊煌縛俎維旅法齊並
芬神來顧歆如在左右觀者歎慕至於詠蹈僉謂侯之嘉惠
吾民者深不可無以貽示久於是教諭江君村奉幣請文刻

[illegible]

諸麗牲之碑惟先王之制自諸子以至公卿大夫士之子使之修德學道春合諸學秋合諸射以攷其藝而進退之是文事武備均出於學也所以興師必受成而行及其還也則釋奠于學而以訊馘告爲嘗析爲二哉自世道旣衰不復獲沾
先王之澤之盛人徒見提擂鼓而簡車徒者乃指爲武殊不知制勝兩楹折衝千里而有所謂詩書之帥也侯於下車之初能汲汲建學於用武之日可謂知斯道矣歙之人士尚當專心一力惇於明體適用之學平居之時則談俎豆而攻遺經一遇四郊有警則搽戈上馬以收獻馘之功使議者咸曰是生文公之邦而無忝山川之靈者庶幾不負建學之意不然豈予之所敢知哉侯字仲賢齊其名也某郡人以行中書掾擢爲令招徠懷集民驩趨之遂成市落縣廨驛舍皆新作之而尤急於農功築呂堨及良干范阬二隸歲以有秋其善政蓋不一而足當時相其成者則丞胡拱辰主簿王某及江君云

臨濠費氏先塋碑

皇帝登大位之三年覩四方之旣平嘉諸將之勳烈乃十一月丙申大封功臣爲公侯錫以鐵券俾傳諸子孫於是臨濠費侯自僉大都督府事進開國輔運推誠宣力武臣榮祿大夫柱國平涼侯旣而復謂賢豪之生基德累仁必繇于其先乃推榮其三世侯之曾大父五一府君贈驃騎將軍都指揮使護軍追封靈壁縣子大父六 三府君贈鎮國將軍僉大都督府事護軍追封江夏伯顯考 七五府君贈榮祿大夫同知大都督府事柱國追封平涼侯 曾祖妣李氏祖妣及妣兩何

氏皆從其夫爵邑爲夫人命書既下侯用牲醴詣五河告祭
于先塋榮光赫然照燭泉壤山雲宰木飛揚煒奕皆有異氣
自是歲時奉祀惟恭侯間謂余曰吾世菑恒氓至于吾躬遭
時遇　主奮自戎行奉命克敵或專或裨凡十八年始于淮
江中於閩浙至於定中原舉關陝皆與諸將之列取城邑以
數十計其艱且勤亦至矣藉
聖主之德念録微勞爵爲列侯名載冊書人臣之榮無所與
比顧豈吾材之能致哉實我祖考遺休餘澤之所及也惟我
祖考皆有厚德爲鄉邦所稱宏址深源誕啓厥後恩數之加
允稱不虛茲欲歌頌先德敷揚　聖恩樹石墓道俾後嗣知
所自出非子孰宜余嘗待罪　國史撰次功臣勞烈知侯爲
人仁勇有智畧事上御下以忠以誠今又弗忘其先以顯著
遺德爲事可謂知所先後善爲臣子者矣侯名聚字士英其

詩曰
帝乘六龍起江淮東濠泗之間爲漢沛豐維時費侯貔吼虎
雄壯馬長矛爲
帝股肱既定泗濱遂剗靈壁維徐及和一舉而踏孰謂大江
可限南北萬馬飛渡不以羽翼巍巍建業拖江而城既入其
郛
帝廓作京廣德既綏遂平長興軍聲轟轉四方震驚蠢彼僞
吳假息于蘇畧弗量能自干天誅將命以行以翦以刈獲其
大醜歸寘質鈇
帝德如日愈久而晰孰倚冰雪以詑弗扳何閩何浙何勍何
劣如朽之折如籓之撤閩浙既淸載征中原巨壘連營望風

而奔或奔或降追刷其根中原卒平萬方來臻帝嘉治平曰誰之功鐵券丹書錫爵命邦矯矯費侯平凉是封豈惟其身榮追祖宗侯有峻爵上推於父維祖甚仁伯于江夏江夏之先靈壁是宇旁及其嬪咸有爵土費侯曰咨小子無良祖考之休積厚而昌既有土田又蕃牛羊維曰薦奠以致孝享大登如几牲碩酒旨費侯涖祀陳豆奠斝擊鼓駭駭焚幣煒煒費侯克孝祖考咸喜濠民謂侯勇不失身委質聖君爲社稷臣濠民謂侯貴不遺親玉佩貂冠爲賢孝孫四海既同爵勳既崇曷以承之維孝與忠忠以于 朝孝以于家繼德無忝茀祿是荷

惠州何氏先祠碑

英傑之士立大功而享爵位者非其先基仁累善何能自致

哉然其先有德而子孫不知報祀者有矣知報祀其祖而弃蔑其祖之子孫者有矣是皆不達禮義之弊也山東行中書省參政何公其篤於禮義者乎公名眞字邦佐世居廣之東完至公始遷惠州祖諱發藻元贈中奉大夫廣東道宣慰使都元帥護國軍追封盧江郡公父諱叔賢贈資善大夫江浙等處行中書省左丞上護軍追封盧江郡公祖妣鄭氏母葉氏皆封盧江郡夫人公祖暨父世有潛德鄉稱善士公生八年而喪父母夫人守志不奪慈鞠嚴教少偉然有志當元至正中中原兵起廣民王成亦搆亂公爲小官即請而討之已而解惠州之圍逐叛將黃常復惠州會賊陷廣州公以兵復之由惠州府判五遷爲江西等處行中書省左丞階資善大大分省治廣公弟迪以從征功擢中奉大夫廣東道宣慰使

大府諸賢公奏過以從臣加禮中奉大夫廣東道宣慰使
公由鄉州判五遷為江西等處行中書省左右司郎中大
府辟遷湖之圖延祐[illegible]州實以官[illegible]以公以兵復
王中原父母夫人中[illegible]
夫[illegible]賢[illegible]盧王部夫人公祖[illegible]文[illegible]有[illegible]士公主人
等處行中書省左丞上護軍追封[illegible]盧江郡公[illegible]母
郡夫人[illegible]國[illegible]護[illegible]公章[illegible]大夫
完[illegible]公[illegible]東[illegible]中[illegible]大[illegible]
其[illegible]政向公其[illegible]十公[illegible]直[illegible]利[illegible]山東[illegible]
後其祖之子孫者有矣是皆不違義之樂也[illegible]
故[illegible]其先有[illegible]不知報祀者有矣知報祀且[illegible]

樂[illegible]之士立大功而享[illegible]其[illegible]真[illegible]能自致
[illegible]州何[illegible]半而[illegible]
[illegible]

[illegible]
[illegible]以干[illegible]以[illegible]
[illegible]
[illegible]

以[illegible]
于[illegible]
江[illegible]
[illegible]
而[illegible]

都元帥兼僉樞密院事遂推恩封其二代後合福建江西爲一省改拜公資德大夫江西福建行中書省左丞仍治廣州歲乙巳九月賊挾廉訪司副使廣寧等叛圍廣公禦之踰十月部將與賊通絶糧道公出避城陷丁未五月復克之明年

制授公榮祿大夫自左丞陞右丞未拜而

皇明兵平江西詔至諭公公舉廣東之籍以降

上嘉公保民順命之績授中奉大夫江西等處行中書省參知政事洪武庚戌移山東行省越七年以老致其政初公追思顯融之盛由於先世既於東莞率族人建祠眞田以祀羣祖復與弟迪謀悉以其先所遺田儲租入以祭其禰公猶未慊於心乃以惠州城西之私第爲義祠斥所有私田百餘頃爲義田世俾宗子主祀事恐族人不知學也有塾以教之恐

其羞服或乏也有粟帛歲賑之嫁娶喪葬有以助之疾病疲癃有以養之懼其久而失其意也爲書以訓之俾嗣弗壞而來請銘嗚呼先王所以親民善俗之道遠矣賢人志士欲推之於世而勢有所不能欲退而惠一族化一鄉而力有所不逮者有之至於勢足以爲而不爲力可以至而不至者亦有之此所以越數十世而事曾不一二見也惟公奮自韋布夷盜保民輯寧南服致位尊顯卒能識幾效順戢歛干戈爲民請命使嶺南之民不易市肆又能推本反始孝于祖宗惠及族人所踐所言允可爲法其於富貴可謂不苟處矣視彼恃險而賊民私厥身而忘其所自者其賢豈不多哉是宜紀行載勲著之樂石以爲後嗣式其銘曰

維昔至正德否亂生海沸山崩靡人不兵頷頷粤南在嶺之

緝牲牢正祀典肅山川神人不安其所而殊寵之
識其善人之樂而以為後頌以其銘曰
儉而以民厥身而富其所自者其體甚不以為宜名行
族入所致所言也可為去其分富貴可謂不忘其先居其本
靖令使民不思而祥入能推本及治宗祖宗東之文
謚得民鑄宗祠致章薛辛龍緯族故淵公今十文為昌
之此所以至數十世而事曾不一二見也以淮公為已辛有
進者有之至於發足以為而不為力可以至者亦有
之於世而發有不能欲為而不專一族化一鄉而有所不
求請於潘先不所以難民善俗之道遠矣實入志士欲推
宜有以義其人道其大而達其才也亦書以訓之俾謂并書哉
其盡服政之也有要弟族族嫁娶喪葬有以助之族

名義因此卿宗子主祀事恐族人不知學也有塾以教之遂
倣於公乃以高州西之私第為義祠并所有私田百餘頃
祖禰與弟遵其志以其先所遺田歸祀入以祭其禴祠公祠未
思隸驅之盡由於斗升之所於東崇疏抹人猶同宜田以祀墓
知政事洪武東北山東行省秋七年以善政其政有公追
上嘉公朝之官撫及不按中本大夫江西參政行中書省參
皇明其年江西詔至諭公與廣東之籍以隸
制授公參政大夫江西左丞右江南承事
月卽特授與通議大夫精造公出遊城隍丁未五月復京師明年
戊己巳九月以疾棟歸副使廣東等處公樂之銜年十
一有政拜公資政大夫江西福建行中書省左丞行省事川
都元帥兼參知政事遂擢同知其二人職合福建江西爲

外倡豎嘯呼民罹其害何公曰嗟我民何辜告于大藩請行天誅乃戈乃殳乃糗乃糧大旆修旂人莫敢當叛將肆凶賊我守邦鞭門疾呼鼠拱以降曷以褒功蹟于左轄巨鉞良弓左旄右節豈惟其身錫爾祉考峻爵崇勳以顯忠孝祖考榮矣子弟孔多寶帶銀章威儀甚都邦人聚觀拜伏稽首披襟徐驅詢其耆老耆老有言大哉公勳元袞不君公其我臣公曰吁哉我志已定待彼有德爲汝請命赫赫

大明洸洸仁聲震于南荒勢無全城公束干戈載封版籍錦韜龍函獻于京國

帝嘉厥功不勞我師錫燕彤庭　重瞳屢回大江之西岱宗之東祿食十年執政廟堂寅畏恭勤鬚鬢盡白詔優老臣勿勞以職公歎謂人我德何爲祖考之惠幸以弗隳豐湖之西有第奕奕玄楹文牖既蠲且恤亦有土田被隰包原重穋稑年歲登百千我第以祠我田以祀祖考之休敢恤吾嗣池有穹魚圃有嘉蔬以醢以葅丹荔清酤封豕犨羊來烝來嘗孫子咸臻有雝肅行或授以罍或奠以斝登降肅然莫敢叱咤數具禮全陳几布筵孰爲弟昆孰爲子孫公曰族人亦孔之夥揆本追原咸由於祖祖病在指四體靡寧奈何一身詈莫胥矜爾餧爾寒我有粟帛爾昧弗通我學爾迪爾有災害我則戚之或有燕喜則慶樂之我有爵祿我祖之故不私吾身弘祖之祜豈無鄙夫爵祿是苟惟家之肥遑恤其他維公克仁仁以保民惟公克孝尊祖睦親嗟爾後人惟公是師繼承無忘公有訓辭

上虞縣重修柯韓二歸碑

上虞有湖名夏蓋延袤一百餘里縣東北衆水經上妃白馬二陂匯于湖釃爲三十六渠支分絡聯以達于田凡溉一十三萬畮有畸渠之下流建二石牐視時溢乾而畜洩之歲恒無凶者近代農官失政畚土成塍取給一朝不旋踵而圮傍縣亡賴男子當旱暵時又夜半決防以去然湖並于海鹵水或乘潮入爲禍稼舊嘗造隄捍其衝潮汐齧蝕至是亦暴潰民憧憧告病矣乃洪武辛亥冬臨淮唐侯鐸自殿中侍御史出守會稽上虞會稽屬縣人士羣走白侯侯愀然弗寧行海上視決堤與民共約度田以會粟因口以賦傭鑿石爲隄自蓮花池至蔡風合萬有三千尺始與故石爲隄屬侯斬牲饗海神已登民謂曰隄幸成二牐無難者會侯召入爲卿奉常遂命僚屬集事其柯家牐廣二十有四尺深如廣之數而廱其一先築土樹橜櫛比星攢度久且不壞乃敷以石兩翼四隅咸歛甃如法中峙石楹左右皆有副鍥坎陷版以爲縱閉復隨土形崇庳疏級爲五以瀉水上架石梁以便行者橜以章計者九百八十有五灰以斛量者三百六十又四石以丈數者七百三十有八匠以日考者一千三百其韓家牐廣減前牐之半深比廣倍之石楹唯二級道則減其一仍冠以石梁餘皆同其工物視前匠損四百石損五百灰損六十八橜損二百八十五始事於甲寅秋七月訖工於冬十有二月此其大凡也有道浮屠雷峯淨㬎乃具事狀介太史氏朱君右徵濂文記其成予聞成周之時稻人掌稼下地以潴畜水以防止水以溝蕩水以遂均水以列舍水以澮瀉水其爲法甚備其爲利至久也然而溝澮之屬所可考者其深廣自四尺

至八尺或至於尋仞各二先王豈不知害地而廢稼以爲不
若是則水性失其常溢則有溺患乾則禾將槁矣古制不可
復見有能設瀦防以惠民者得不謂之賢哉昔者曾文定公
之爲齊州州城西北有湖蹤爲水門遏流潦暴集則取荆葦
爲蔽納土於門以防外水之入公爲易之以石其深八十尺
廣三十尺視水高下而閉縱之而禁障宣通皆得其節人無
後虞今唐侯之爲牐也其事與之頗相類世言古今人不能
相及果足信之歟是可書已相其成者通判府事吳敬知縣
張翼營度督視不憚勞勤者主簿史文郁也司其出內則邑
大姓徐其全其法宜牽聯得書海隄別自有紀茲可畧云系
之以詩曰維夏蓋湖百川所豬在彼海邦其一 疏爲通渠行
水委蛇溉稻與秔其二 制水有牐因時闢闔其法孔臧其三

畏政斯缺惡壞爲竭水失厥防其四 侃侃唐侯爰諮爰諏中
心盡傷其五 曰是弗修民焉有秋敢視爲常其六 乃登案屬
乃謀乃告乃韓其長其七 晦會其衆工來以族築臼奏功其
八 琢石于山樹櫱于灣以楗以梁其九 決塞有關既堅且完
考首有肮其十 昔何怨咨今乃順則弗賜我疆其十一 行彼赤
日清流潘潘嘗茂芃芃其十二 食維民天非稼無年民用卒爽
其十三 伊誰我憐五馬翩翩朱衣葱珩其十四 成周之制有溝有
遂經畫維良其十五 古法寖廢河渠興利其效則章其十六 漢吏
曰循惠乎烝民唯此之農其十七 矧乎鉅津比枕海濱澤被五
鄉其十八 侯治之棘行屐心惻不翅父兄其十九 越石可泐越川
可竭侯功勿忘其二十

可語後功功忘其十一　遍不幾父兄其九十　石可澗川
鄉八其十俟治文蘇行　憲心不　平違比敘　港被五
曰循吏平永民隆比文藝其十引與利其章其六十漢吏
遠經畫推良其十古逸河來惠行其四十　之制有清有
其十伊譔放條五鳥鯨余木　食權民天非無年民用空變
白清流循資文光其二十　乃則帶朝術績　一十行彼赤
吉首有所其十普何文交今乃以漁其九決事有關聖且完
小乃隊石千山樹際于遊以獲梁其會集以漁日奏乃其
心書詩乃告乃曰是寧作民志有敕敵謝為常其十乃登實來屬
農政斷俟其五曰易學將人木夫府防其四僭原書實尋語象中

求索究竟漁航其二　制水有神因時闢其法兆徵其三
之以詩曰維夏盡湖百川所諸在彼汝海其一讙鳥衆遷衆行
大旅後命其令其宜準　倡會修後別自有記茲可累三年
張書書見曾不謂勞前者主事史文術也同其出內則品
補良衆民信文與是可書已相其故者道判府事莫敵知縣
復實今廣漢文為禪也其事與之韜指穀性言古今入不能
潘三十又觀水高下而開綿之而禁障宜遍許得其靜入無
為議納土兮門以隃外水之人公為身之以石其深入十又
之為濟州城西北有湖所為水門過流泉則取散其蓋
復見能設溝隍以惠民善得不謂之質教書者曾文定公
告是則水推夫其常溢則有湖衡既則木非朱古前不可
至八又致至今暴何各三先王豈不知害地而蘇然以為不

碑

孔氏家廟碑

胡翰

先聖孔子生于魯實襄公之二十一年至昭公十一年而魋門人會葬明年即其故宅爲廟祀之藏衣冠琴瑟車書廟中漢高皇帝世祖皇帝明帝章帝安帝皆親幸闕里祠以太牢之禮雖魏晉南北用兵文帝黃初武帝太始皆詔修廟祀給灑埽守衛歷宋齊梁及拓跋魏高齊之有國遂續承爲令典方是時天下未有廟也至唐武德而後國子監有廟至開元而後郡邑有廟天下通祀之而家廟則惟曾存焉乾封以還車駕東巡者悉修漢故事周太祖平兗州以人主之尊伸北面之拜如弟子禮情文崇極徽號屢加常以宗子一人襲封爵四時饗祀在宋曰衍聖公靖康之難衍聖公友端扈蹕南渡與其從父傳俱家于衢襲封如故而廟祀闕焉寶祐初郡守孫子秀請于朝始賜田五頃建宮墻于郡東北菱湖之上廣至二百餘楹事具庸齋趙汝騰記後燬於寇遷徙城南宋亡元氏改物至元間曲阜之宗子斬其後以端友之孫洙當襲爵降旨徵之洙入朝固讓特授國子祭酒歸守江南廟祏廟故書樓其制非寶祐之舊會兵革益圮壞不治已亥秋王師取衢州制以分省郎中姑孰王愷董郡軍民事公讀書通達治體至即明法令布恩信與百姓更始謁拜廟庭以爲水木本源所繫不可無以示衢人命有司葺而新之告成之日族之長者少者衣服冠而趨旅牲幣于庭敬共將事願紀成麗牲之碑用侈公之賜翰惟孔子之道如天之高地之厚

日月之明四時之運有不得而賛者取其故實書之以見詩
書仁義之澤罔有窮極所以立生民之命開太平之治者帝
王賴之咸致尊禮非他享祀可例由春秋以來傳序五十有
三世廟于魯者禮也舍魯而南者宗子去國以廟從焉亦禮
也禮之所在君子慎之况其子若孫人將曰此聖人之後也
將以聖人望之崇德象賢與時太平修復舊制是宜有引無
替昔周有清廟魯有閟宮至今歌咏不足使人想見盛德之
美翰雖不敏敢緣古義稱拜而系之詩曰
奕奕新廟有嚴孝祀誰其尸之文宣孫子纘緒魯邦世載厥
美作廟于南會通之禮
皇祖在上監無避邇大夫師長百工庶士保有天常寔受王
祉矧茲具瞻俾就傾圮顯允王公載振而起聿來孫子于公

率籲弁舄裳衣陟降庭祀黍稷鱐脯薦則有體亦有旨酒式
燕以喜盛德百世表是南紀匪南紀是表魯邦是啓惟聖是
嗣孫焉及予言念伊始

越國公廟碑

越國有廟故參知政事胡公之將士泊邦人之所作也公歿
之明年衆咸戴公之德慕公之爲人營建廟像于郡城之中
區廟成之明年　朝廷嘉念公忠壯寬厚扶翊興運弘濟艱
難身歷百戰功冠一時不幸死於肘腋之變不可無旌䘏之
典於是特贈光禄大夫浙東等處行中書省平章政事柱國
追封越國公遣宿衞之臣馬哈謀致祭于祠叙述厥勞哀悼
懇至罔有儔比公之冢子德濟拜手稽首奉揚休命以爲先
臣大海一介甲冑之士誤承　眷遇列備戎行自起義以來

王師取和州渡江而南下太平進攻金陵保有其城遂東克京口以及毗陵西南援宣歙以及睦州由睦而東婺爲巨鎭婺下衢處皆平廣信亦平

天威震疊兵不留行先臣嘗受命前驅不敢避鋒鏑矢石之危以率先士卒權殄勁悍所至郡邑輒下未嘗以金帛子女之故妄事剽戮衆爭向附遂膺大任參大政被 國厚恩恒思以死報社稷御下悉推赤心待之冀得其死力耳故雖剸刃不悔也先臣旣沒 國家益用兵上流舉湖湘漢沔之地於反掌之間又通巴蜀拊循嶺海又北城襄陽臨中原而扼其項背綿地數千百里先臣曾不獲與諸將分甘同苦竭肱股之力効尺寸之勞於疆埸是則天也

皇上以乾坤之量日月之明兼覆廣照不求備下臣旣起臣

德濟於衰絰之中授以兵柄襲有爵位又追念先臣之勞錫之封號登秩上公克有享祀于婺之人以焜燿其後嗣子孫先臣有知且不死矣臣聞因物之精制爲之極明命鬼神以爲黔首則若先臣之鞠躬盡力馳驚一世其氣發揚于上宜不可揜故有不虞之警往往於夢見之鐵面長身毅如也蓋其志不忘 本朝如此德濟不武典守東陲不能翦滅仇敵以雪先臣之恥昭 國家之賜唯君臣父子之義惡能已哉尚爲我載諸麗牲之碑翰觀古將帥之臣有志不展而功業未究如岑彭來歙祖逖李嗣業者天遽奪之故公之功烈惠澤被于江左淛東浹于婺之人使天下望之而不加焉此其可扼腕也大烝之禮先王所以崇德報功者無所不用其極則斯廟之作非臣子之私於國家實宜之蓋禮之以義起者

則前朝之作非臣下之私於國家實宜之蓋禮之以義起者可施於後世大祭之禮先王所以崇德報功者無所不用其極澤被于江左浦東及于發之人使天下望之而不加焉况其未究如今追來撫祖業若天遣奪之故公之功烈惠尚為扶翼諸壘往之卑衛覬古將帥之臣有志不果而功業以靈先臣之所昭　國家之賜唯君臣父子之義豈能已哉其志不果　本朝如此德澤不忘典守東陲不能殲滅仇敵不可辨故有不廣之譽注於贅見之鐵面真身殺如也蓋爲將實則若先臣之韜略盡力疏遠一世其敵發揚于上宜先臣有功且不死矣臣聞因物之精制爲之極明命鬼神以之封號登秩上公克有享祀于發之人以燭其後嗣子孫薦講於家經之中後以兵柄寵有爵位又追念先臣之勳

皇上以乾坤之量日月之明兼覆廣照不求備下臣既起臣服之以力效尺寸之勞於疆埸是則天也其項背於鋒鏑數十百里先臣曾不獲與諸將分甘同苦踴躍於交掌之間又過巴蜀衍猶縮海又北城襄陽臨中原而扼乃不幸也先臣既沒　國家益用兵上流舉荊湘漢沔之地必以死報社稷御下悉推赤心待之寘得其死力耳故雖專制之故其事則戮衆無爭向附遂膺大任悉政被　國厚恩恒危以身率先士卒務劫悍所至輒已轍下未嘗以金帛子女天威震疊兵不留行先臣嘗受命前驅不敢避鋒鏑矢石之發下圖處乎廣信亦平京口以及毗陵西南據宣歙以及婺州由婺而東發爲臣鎮王師取和州渡江而南下太平進攻金陵保有其城遂東克

乎乃詩以歌之曰

皇奮厥武耆定爾民疇若先驅則有虎臣虎臣桓桓如林之般允也胡公實邁乃倫昔在有元雲雷邅屯失其金鏡華戎紛紜天造有邦肇域淮濆俾公來輔鐵面長身爲國爪牙克壯且仁秉戈山立超距川躍以步易騎動罔不獲左則左攻右則右斫所向輒靡何敵不卻何城不隳土宇斯拓自西徂東淛水洋洋公來制闔于睦之疆于以秉鈞于彼東陽連城惟五如水有防龍節鳥章弓矢斯背德者誅歸斯用臧邦有螟蟘公則是取鄰有封豕公則是拒不饉不饑由公我哺不札不瘥由公我袪公之於婺孔惠且時匪是我私王國是毗國有瘼猘人莫之知反噬而逞孰拯其危左右庶士小夫及耄相視咨嗟惟公是悼僉曰悼之尚罔或報赫斯不忘是用作廟作廟有奕享祀不忒先王制禮以致崇極嘉廼有德洎乃丕績曰惟大烝相古作則揭虔妥靈有祠伊闢

皇命使臣聿來稱秩最其勳勞爵以越國惟越國公肅然冷風志不克究澤則罔窮公今有子亦公是似踐其有位敵王所愾教忠之訓有來無替繼自今始其祀百世

敕賜滁陽王廟碑　張來儀

洪武十六年十一月七日

皇上親蕆滁陽王事實召太常司丞臣張來儀諭之曰王之恩德注在朕心今滁有廟祀而碑刻未具其闕典也汝其據此爲文于石臣來儀謹再拜奉　敕謹按王諱子興姓郭氏其先曹州人王父少好術數常從異人遊得其書年長未娶南遊定遠邑人神其術將有爲叩之必驗邑中富翁家有處

南唐先主廟入中正朝有西中之文識臣中宮前後有廳
其先曹州人王父少游徐州其入淮南遂家于宋要
此爲文王石臣來佛詩林拜示　歎謹授上官下與治部史
思德生在帳之命隋九圖記而評刻未見其記述也於其廉
皇上龍興降陽王事實誥大帝言名臣集來議論之曰王之
洪武十六年十一月七日
有敕賜陽王廟額
張來議
所謂教史之詞有未無書議曰今始其祀百世
風志下克究章則固所宜分公亦公安以攷其有位之徵王
皇命從臣考來稱其制譬以議國家之典而公廟治令
道乃正續曰禮大禁祖古作則禮序重有司伊闕
周作廟作廟有宴享祀不以先王制禮以教崇德尊賢有德
又嘗相觀舍議入論公是輸曰祭之尚用大命流世所不言是
及國有廢渝由公求所之知之反遂而運動其旁左右磨土小夫
此不託不憲公則取詳是其之於變乳惠且時匪是夫私王國是
有寶大地公水有時能郡公之示公則是作不德不錢由公於擊南
推王輔物水所公來前圖皆子央交所以議詳南時用戲邦
東則所向山之頭其所知不子城一千數不郎以表的下收東陽運城
在旧美丈山謀知詳其丁以得公聞下步鄭步土于沛以西攻
非日仁天造有小陳之不之知忘息錢面國不複詳理於孟
從治天也明公書遠乃論者石見公來亮國實雷宣其全鎮爭以
殿在皆化明公曲公京道公有元正其光大林
皇舍武國民論先師則有高臣而主起如林之
乎乃詩歎之曰

女以贅未許嫁王父過其門翁以女命求卜數成曰此貴人也翁曰贅未配王父曰翁能不鄙我乎則妻之翁曰諾既而娶不數歲夫婦家日贍生子三女一王中子也始生父卜之喜謂人曰是兒得佳兆異日非常人必大吾家既長兄弟别籍三人皆善殖產元末民間有造言者王誤中其說信之甚篤忽不事業而妄散家財陰結賓客王正壬辰汝穎兵起王識天下當變乃召所結賓客子弟援濠梁據之時

皇上潛居民間爲訛言所逼懼禍將及遂挺身入濠梁抵其城爲門者所執將欲加害人以告王王親馳活之撫之麾下間召與語異之取爲親兵居數月王謂曰汝單居當爲汝婚王暮歸與夫人飲食語及斯事次夫人忽惋惜謂王曰方今兵亂正當收召豪傑是子舉止異常若不撫於家而使爲他

人之親是失智矣王悟遂以女妻之

孝慈皇后是也王爲人勇悍善戰時軍帥四人名位皆在王上王素剛直不屈人下每遇事四人䐜目語難而王剖決通敏數以非語侵之衆故含忿未幾客軍首帥彭趙以兵來駐濠二姓皆僭稱王王等遂爲所制一日衆挾趙勢拘王於獄將害之

皇上自軍馳歸或曰勿往曰再生父母有難可不赴乎遂入王家明日彭帥聞遣人釋王以歸明年夏還故里收元卒七百獻王王就令將之又明年夏染末疾未差王聞元義兵欲歸將說之左右無可使特過寢門不意趑趄因請扶疾往卒說降之得其精卒三千既而彭趙東屯泗州因挾王以往時

皇上方駐滁陽知衆不可共事獨堅守以待復遣人賂彭趙

左右賂行王得縱歸除陽王兵共四萬其麾下僅萬人
皇上所部三萬有奇明年乙未王命守和陽既而信流言親
至和陽視師值王讐人亦駐其中聞王至移軍異處
皇上禮送行者俄為所艱王聞驚懼得疾尋卒歸葬滁州夫
人張氏生三子長戰沒次為降人所陷幼與羣小陰謀伏罪
次夫人張氏生女一為　妃生　蜀王　豫王　如意王女
二洪武元年天下既一剖符行封追思更生之恩寔
帝業所始乃封滁陽王建廟墓陽命有司歲時率滁人祭之
臣來儀伏聞自古帝王之興雖受命於天未始不因乎人蓋
必有所佑助維持而後成及其既成也其所佑助維持之者
亦得與以享其榮傳之無窮而施之罔極惟我
皇上奮布衣提一劒而起外無尺土一民之助而王能脫危
難識潛微納于貳室授以兵柄慨然不少吝惜遂肇大業可
謂有知人之鑒矣及今大統既定四海一家推本尋源寔由
於王爰建顯號俾永永血食蓋非王無以開萬世之業非
皇上無以永王之名臣謹卽是爲銘銘曰
皇受　天命發跡濠梁方其始興附于滁陽滁陽先知識
聖於微　聖有大難王脫其羈取彼神龍翼之風雲浴日咸
池滌其垢氛龍騰日升伊誰之功有相自天寔啓王衷
皇奮無旅王命予之
皇室未娩王命女之謀行諫從肝膽弗疑萋斐之言終莫我
離秉鉞專征付以閫外顛强覆驕有衆日大變生不意卒疾
于驚何啓其緒弗享其成
皇明日昌既臣萬方剖符錫爵乃侯乃王爰念舊恩極天罔

報一飯必酬矧有大造乃封大郡乃建廟庭乃復滁人護其園塋祠官孔嚴報祀春秋豐酒鉶羹黍稷羊牛王其來歆毋曰無後王女皇妃三王挺秀王支百世王有廟祀勢勢者雄孰王之似小臣受　詔作此銘詩勒著貞珉以永無期

徐文清公祠堂碑　　朱廉

宋徐文清公祠堂在義烏縣南四十里之赤岸赤岸公里也公之被謚及奉祠家居里士朱府君良祐尊賢尚德誠意懇至命三子■中■受學於公凡公買田築室之事府君悉心左右無遺力又度里之勝地作適意亭曰與公遊息其間當是時公之高節大義聞天下賢士大夫皆有企慕不可及之歎而府君與遊相得驩甚三子在門又皆力學有立朱氏由

是益大其後子姓聯登科第者接踵其經學行誼政績皆有出於人衣冠之盛久而弗替淵源所自實本於公今年春乃相率就適意亭故址東偏構堂以祀焉既又合辭謂廉曰公之殁當有祀於鄉而淑於我朱氏者爲大是以有今尸祝之宇吾懼後世彌遠而弗知也子其著文鑱諸貞石以示將來廉府君五世孫而私淑於公者爲尤深辭以無文是忘本也謹用摭取宋史傳文繫銘其下使後之薦奠於斯者仰瞻德義興起於學而毋敢怠忘傳曰公名僑字崇甫淳熙十四年舉進士調上饒主簿始登我文公之門文公稱其明白剛直命以毅名齋入爲秘書省正字校書郎兼吳益王府教授直寶謨閣江東提點刑獄以忤丞相史彌遠劾罷寶慶初葛洪喬行簡代爲請祠迄不受祿紹定中告老得請端平初與諸

翰干閒大參諸師近不安擧名中吉安信頃於易講
實歲開口東皋明州村以任永相見禰志勁雅意僣若洪
命以教諸篇人為校書郎正字校書郎兼安全王府教授道
翰進士開局上龍柱兼碩政其交文公之門文公其所日同直
宋濂與孝[illegible]學者用文學也傳曰今名傳文字亭編年黑十四年
[illegible]
[illegible]
[illegible]
[illegible]
[illegible]
[illegible]
[illegible]

藝而所若直與通相傳其三千在門又皆力學有守由
具得公之言書行大書聞天下數士大夫皆不可及矣
近古無遺力文變里之舊近作圖[illegible]曰真當
至今三十▆中▆學者於公凡貴曰宋事有習書悲
公次教讀事譜學生士未命良亦[illegible]
宋余文清公同堂[illegible]事西里亦公也
命文清公[illegible]

宋濂

臣[illegible]作此詩[illegible]以永無期
皇帝三王[illegible]天王有[illegible]
日無[illegible]主文
國學[illegible]孔[illegible]禮春秋[illegible]中丁[illegible]
朕一[illegible]公[illegible]大造[illegible]天將其

賢俱被召遷秘書少監太常少卿趣入覲手疏數千言皆感憤剴切上劘主闕下逮羣臣分別黑白無所回隱理宗數慰諭之頎見其衣履垢弊愀然謂曰卿可謂清貧公對曰臣不貧陛下迺貧耳理宗曰朕何爲貧公曰陛下國本未建疆宇日蹙權倖用事將帥非才旱蝗相仍盜賊並起經用無藝帑藏空虛民困於橫斂軍怨於掊克羣臣養交而天子孤立國勢阽危而陛下不悟臣不貧陛下乃貧耳又言今女謁閹宦相爲囊橐誕爲二豎以處國膏肓而執政大臣又無和緩之術陛下此之不慮而耽樂是從世有扁鵲將望見而却走矣時貴妃閻氏方有寵而內侍董宋臣表裏用事故公論及之理宗爲之感動改容咨嗟太息明日手詔罷邊帥之尤無狀者申儆羣臣以朋黨爲戒命有司裁節中外浮費而賜公金

帛甚厚公固辭不受侍講力開陳友愛大義用是復王子竑爵又請以周敦頤程顥程頤張載朱熹從祀孔子以趙汝愚配食寧宗皆從其請金使至公以無國書宜館之於外如叔向辭鄭故事忤丞相意力請休致理宗諭留甚勤遷工部侍郎辭益堅遂命以內祠侍讀不得已就職遇事盡言以申前請乃以寶謨閣待制奉祠卒謚文清嘗言比年朱文公之書滿天下學者不過割裂掇拾以爲進取之資求其專精篤實能得其所言者蓋鮮故其學一以眞踐實履爲尚奏對之言剖析理欲因致勸懲弘益爲多若其守官居家清苦刻厲之操人所難能也銘曰

侃侃徐公實踐眞知國之正臣士之碩師天與之氣清明剛毅而不與時當宋之季權奸柄國婦寺蠱之崇論塞胸抑欝

宸而不與時論者未之[illegible]于[illegible]國[illegible]宗[illegible]文宗[illegible]論[illegible]中[illegible]
[illegible]公[illegible]其[illegible]祁國公臣士奇之門[illegible]又[illegible]與[illegible]人[illegible]為[illegible]論[illegible]
采入所難化也銘曰
剛人材[illegible]於因致勸[illegible]以[illegible]其[illegible]年[illegible]公[illegible]
猶得其所言者書[illegible]其學一以直[illegible]
滿天下學者不過[illegible]以[illegible]取[illegible]之資求其事[illegible]公[illegible]書
請乃以[illegible]閣待[illegible]來[illegible]乎[illegible]文[illegible]言[illegible]比年未文公書
所[illegible]國[illegible]命以內閣待讀不得已[illegible]書[illegible]以申前
向辭[illegible]又事[illegible]求相[illegible]乃請不敢[illegible]上[illegible]
聞食[illegible]宗許從其請令[illegible]公以兼國書直[illegible]於外[illegible]
詩文請以[illegible]國[illegible]末書[illegible]記[illegible]于以[illegible]
宣書[illegible]公同辭不安[illegible]乃開陳文[illegible]大義[illegible]見[illegible]王[illegible]

若中[illegible]臣以明[illegible]命[illegible]中外[illegible]書[illegible]公[illegible]
[illegible]宗[illegible]之[illegible]勸[illegible]太息明日[illegible]
所[illegible]反方有[illegible]內侍[illegible]來臣表裏[illegible]事[illegible]公論及之
[illegible]下此文不當[illegible]是從也[illegible]見而卻夫[illegible]
相[illegible]為三[illegible]以[illegible]國[illegible]而[illegible]大臣又無[illegible]之
以治而[illegible]不惜臣不負陛下[illegible]直又言今文[illegible]
[illegible]以[illegible]事[illegible]以[illegible]天于[illegible]國
日[illegible]用事[illegible]十[illegible]早[illegible]用[illegible]
責陛下[illegible]理[illegible]曰[illegible]何[illegible]公曰陛下國不未[illegible]
請文[illegible]見其太[illegible]曰[illegible]可[illegible]公對曰臣不
[illegible]以上[illegible]主[illegible]于[illegible]臣今[illegible]自[illegible]
[illegible]古[illegible]書小[illegible]大[illegible]入[illegible]千[illegible]言[illegible]

莫施進必以義亦列禁近凡所對揚直辭凜凜知有國耳焉
知貴勢我位可貶言不可避周程從祀趙相侑食濟王復爵
皆公裨益學之所宗自我文公啓迪俊髦澍雨春風赤岸之
里有斐朱氏數百年來冠紳濟濟或立于朝或任煩劇文爲
國華行爲士式端緒所開伊誰之力里有吉土公昔遊焉雙
流右會雙峯列前有堂崇崇祀公其間公所授受斯道之脈
道在人心精神罔隔豈必子孫而後歆格道之無疆公神不
亡春秋觴俎牲酒鮮香明明千載妥侑斯堂

岐陽武靖王勳德碑　蘇伯衡

故征北將軍開國輔運推誠宣力武臣特進榮祿大夫右柱
國同知軍國事大都督府左都督曹國公追封岐陽王謚武
靖之薨明年洪武十九年月日　詔王子羽林左衛指揮僉
事景隆嗣爲曹國公既拜命使謂伯衡曰先王際逢昌運受
股肱心膂之托感激圖報稱萬一畢志竭力死而後已分也
皇上仁聖嘉念不忘褒卹之典備極哀榮今又不以景隆無
似俾襲封嗚呼覲　國家恩數之優渥若此則先王獲
上之有道可知矣不有以表著之是景隆忽
君之賜泯親之善無以昭示天下後世也願有請於子爲文
而刻諸石伯衡受其言而思之
皇上誕膺天命統一萬方羣材輻輳共爲
帝臣傑出其間而受上將之任者固非一姓至其生建國爵
而死啓王封者僅四人焉曰徐中山王曰鄧寧河王曰常開
平王而岐陽王其一人也彼三王者功業懋矣視王之不戰
而城降不殺而人歸則有間且僞吳之滅由王覆之諸全元

祚之終由王戲之應昌遠若西番之地無不涉歷而疆理焉
所謂有以服人於智力之外而勳蓋世者哉
皇上眷遇加異無間存歿固自由此非徒以肺腑故而崇奬之
也是誠不可以無述伯衡末學雖無能發揚顧嘗隸太史氏
矧嘗獲望餘光而辱容接何敢終辭乃爲考其客白範所爲
狀序次而顯詩之王以甲午冬見
上於滁陽
上喜甚子字之而擇師教之王亦奮自淬礪
上察可任大事一日出其所業示近臣曰是亦可矣當習之
馬上從濟江歲丁酉以舍人統帳前親軍策應池州道戰偽
漢梟將余鑾于走之引兵攻下青陽石埭太平旌德戰元阿
魯灰院判萬年街敗其軍猶獠於潛昌化進拔之盡獲其婦

女畜牧輜重士卒志滿殊無戰鬬之志王曉以此何足道誠
克立功富貴不可言況財物乎士卒悟乃焚所獲轉戰淳安
襲破偽洪元帥寨千餘人皆降從克嚴州時嚴新克城壁不
完偽猶軍水陸猝至王帥兵踰烏龍迎戰大敗其陸軍卽筏
列俘馘順流而下水陸望見驚懼引去乃繕城隍樹樓櫓爲
不可犯之計移兵攻諸暨克之壬寅被 旨卽嚴開省控制
東南猶將之戍金華曰蔣英者戕胡越公而作亂也微王星
夜馳入城金華幾淪盜區矣諸暨守將謝再興之陰結偽吳
以城叛也
上命直諸暨之西作諸全州再興導吳軍鈔東陽浦江義烏
使我疲於奔沭以撓我版築王提兵四面應之寇計不得行
而新城完矣偽吳司徒李伯昇之擣諸全也兵號二十萬壁

壘亘十餘里報至之日　廟堂不覺失色王不待　詔以所
部馳嬰其鋒軍龍潭諸全主將以衆不敵爲王危之間使請
避之俟大軍至共擧萬全王笑曰何以避爲在昔衆寡所
敗者何限獨不聞昆陽淝水之戰乎兵在精不在衆何以避
爲乃下令曰今日之事唯致死力則無不捷捷則敵之資若
等囊橐中物也敢有貪鹵獲而戰不力者以軍法從事兵交
將士皆奮王策馬從數十騎出敵背舞槊衝其中堅遇者應
手斃陣動麾衆乘勢縱擊人馬交馳戈甲戛札遂大潰城中
亦出兵夾攻同聲讙呼振動天地斬首數萬級俘將七百人
卒萬餘人其自相蹂躪與陷溪水溺死幾盡脫去惟伯昇及
其親從數人鎧仗委棄盈野僞吳兵力自此焉衰大軍未啓
行而捷書至也入見

上慰勞王悉歸功羣帥若無一毫已出者
上遣中山開平兩王總諸衛兵攻蘇州而平浙獨以屬王遂
進兵桐廬新城富陽隨下獨餘杭以謝再興五子在懼益固
守王曰以李司徒二十萬之衆不能抗我爾以一縣而欲吾
拒乎急攻之終日而拔將校請屠之王厲聲曰二三豎子逆
命耳餘何辜焉不屠行未至杭守臣潘允明使其員外郎方
彛走軍門見王王問彛何以來對曰
天兵如雷如霆當者無不虀粉杭城生靈百萬前矛且至人
人恐恐然及明公所至布宣德意勞來安集閭閻之民骨肉
完保至于鷄犬亦莫弗寧又人人大悅曰王者之師也惟恐
來晚我守臣以爲民情如此　天意可見矣夫誰與明公敵哉
不如頓首乞降民有更生之　望軍無就死之憾以故使彛來

耳目勝負未分而請降無乃太早計乎對曰兵至城下雖欲
降且無及矣王燭其誠留宿帳中明日遣還報允明卽日率
百司降王入軍容之盛紀律之嚴君子比之淮安王之下宋
且以謂淮安王之下宋也猶待往返約降今不約而降殆過
之矣紹慶台溫皆款附丙午冬十月十有一日也不出期月
不血寸刃平一大方面而攻蘇者丁未九月始破之縛士誠
送　京師明年洪武建元之春閩將陳友定之衆騷動
命王帥兵殄之王往知關溪筭砦大率未平於新政柵竆崖
絕谷以保族逃生納其降而建州劍州汀州悉定竄匿而嬰
孩遺棄道路者踵相躡也悉收養之父母來識認還全活不
可勝計其秋大軍取燕都元順帝出走而燕都以北諸城堡
猶城守宜齊師二年春拜副將軍以往由遵化度鹿兒嶺敗

江文清軍於錦州次全寧遇遼野速丞相軍與戰連敗追至灤
河斬宗王慶王遂圍大興料其必潰而遁乃八分千兵伏要
害虜果宵突圍遁去遇伏邀擊得去者無幾禽平章鼎住斬
轅門進克上都其秋開平王薨于軍中其軍
詔王併將之遂併將往援慶陽從涿州過眞定渡滹沱河出
井陘口至太原而中山王已拔慶陽矣聞大同急集將佐語
之曰
上委我與若等汛掃旃裘殘黨今慶陽已拔而大同受圍則
移援慶陽之師以援大同豈非
上所以委我等之意也一軍皆曰主將言是主將言是乃由
代郡踰鴈冊丞而至饅頭嶺禽平章劉帖木穆馬邑縛黠虜男
四大王白楊門前軍距大同四十里營焉王至曰此豈駐兵

四大王自楊門通軍至六面四十里營王王曰子將釋

伏兵飭向井石勇奮旗鼓木疾由號鼓

上所以未戰者意也一軍皆曰主將言是吾乃西

報彼慶遣以師以援大同宣府

上去救未則失我實今慶遣已去而大同受圍

又曰

并口至大原而中山王已陽大同急集往諸

路王以將送往援從州過其汾河出

麟門進克上都其關平王于軍中其軍

常萬果敗圍遣遇次發往者教乎章鼎往則

河南宗主王圍大與其必遺而道乃八分千兵伏要

江文書軍於錦州全遇陳相軍與敵連敗追至

猶欲守宜寧師二年春拜副將軍以往由是化應鹿況寶敗

可勝計其敗大軍取燕都元順帝出走而燕都以北諸城堡

彼遺藥道路書檀相躡也然收衛之父母來識認還全活不

絶谷以保挨送生納其降而軍州錦州汴州悉定齊四而毀

命王師兵令文王往和關漢諸者大辛未平汾新政州府薦

送京師明年洪武建元之春開諸陳友定之眾還前

不逾十乃平一大方面而戰蘇者丁未九月寇被又擒士誠

又來路魔谷口溫昔款附所予冬十月十有一日也不出期月

且以請進發王文下未也酒錦往設約降令不約而降治過

百何降王入軍容之盛乎陣之嚴猶手比之獨守王之下未

降且旗以王擒其誠諸將中明日還遷報有明日奉

有曰將兵未分而請降其乃大早十數日至撤下游旗

地乎虜設來犯難爲備矣麾之前五里阻水列營是夜虜來攻營王高枕若罔聞知以二營委敵使自爲鬬天且曙王徐起不介馬分左右翼鼓行疾馳薄其陣聲撼林木城中採知王至開門驅衆赴戰虜腹背受敵靡地而殲之流血膏野追北至炭窖獲其名將脫列伯生口以千數馬以萬數其車輜雜畜悉爲鹵追兵至蔣哥倉乃還順帝之出走也屯昌州蓋里伯遣脫列伯等攻西京規克復至是始北奔三年王以征虜左將軍致討師出野狐嶺與和守將降察罕脫兒其將又降乘銳夜襲應昌克之元太子騎而獨奔去執其子買的里八剌及兩宮后妃宮人玉冊金寶歷代重器致之 闕下追奔不及還次中興禽汪國公暨其士馬於松州利州之間隘曰虹螺山殊險絕世家貴族率保其上師過爭脫甲投仗出降

王撫以恩信散歸已降之郡親屬流落行間者訪問還之其各大封功臣 召還初王以帳前總制親軍都指揮使兼元帥守嚴由指揮樞密同僉由同僉左丞爲右丞在嚴十年浙江平拜榮祿大夫本省平章政事至是加開國輔運推誠宣力武臣特進右柱國同知軍國事大都督府右都督曹國公食祿三千石 賜鐵券四年兩川平

上憫其民新脫鋒鏑以宣撫付王時月之閒民大和浹五年依舊與中山王征迤北而東道兵則王節制次可溫虜棄營走哈剌莽來尋益北走王曰虜褫魄矣可襲而禽我當輕兵兼程而進乃留輜重廬車河人持二十日糧深入至土剌河其將蠻子哈剌章悉其騎渡河障而待部署我軍而兩之王自將一軍從流上而與之合一軍將以都督華雲龍從流下

自將一軍從流上而下後入合大軍以辦營壘靡從流下
且將僞十名剌齊其騎渡河陣而待齊收軍而西入文王
兼程而進乃略鄧肇慶軍河入抵二十日渡深入至土剌河
元后剌營來寧益北去王曰虜將遁矣可襲而後擊當至於
依舊與中山王征進出而東道兵則王曾制次可過虜東營
上聞其反新附降諭以宜撫付王將月之間及大和次王年
命諭三十有　賜鐵券四年兩川平
六歲臣將進右柱國同知軍國事大都督府右都督曹國公
江平拜榮祿大夫本省平章政事晉加開國輔運推誠宣
師守嚴由指揮　僉事同僉由同知食左丞為右丞在嚴十年浙
各大封功臣　召還初王以嚴前總制錄軍都指揮使兼元
王薨以國信散歸已降之部號屬流落行間者訪問遂之其

虹縣山林險從世家貴族皆作其上師過爭以牛投仗出降
奔不及還次中興為王國公覽其士馬檢川河文間溢曰近
八剌及兩宮治死宮人王用金寶藏其車器致之闕下的里
時乘勝攻襲應昌克之元太子騎而獨奔去執其子買的里
虜左將軍致討師出野狐嶺與和中將降察罕脫兒其將又
里佑遣將刈伯等攻西京規克復至晃忽北今三年王以征
雖高將為國通兵至蔡合乃遁入通甚入出去也由是王以轄
北至亦集乃食其多揭戰陣前伯王口以斗數其後以萬數其軍輜
王至開門驟發戰虜兵帥汶麻沙城而殲之流血齎資道
從不小馬分生古良鼓行而東進攻其陳賣撮林木城中採知
次營主高將若開知以三擊敗復自為國天且囑王徐
地平處設來地攤上浦牧爾國八兩王里日水剌羅須高來

以分其勢有健將出衆豕突而前王發矢殪之虜舌吐不能收遂戰兩軍犄角且戰且前至驃海而虜騎滋多乃整險椎牛具食謾為犒大軍者虜疑相牽解去留驃海三日全軍而還失道乏水軍多渴死王以為憂次歇而麻思行尋水處忽所乘馬跪地出泉軍得以無渴若有神助云還次代郡其明年將出朔州者生致太尉盧伯顏不花其明年春分兵出討一軍出三不剌永昌侯藍玉將之一軍出楊門都督張具將之一軍出白登指揮景某將之其秋攻下大寧高州大石崖虜將番平章陳安禮木屑飛若宗王朶朶失理眞珠驢若鄧國公李維帖木兒若丞肯百家或斬或禽而北地悉平後一年秦王晉王之國皆王邕北還遭隴西王喪居憂後一年西番平起郡縣其地第扁都城扼其喉襟還至西安以其民病鹹水也言於秦王穿渠貫城中通九龍池水以利之汲者飲者皆額手謝自後留中參決朝政蓋勳戚而賢無右王者

上屬意久矣以征討事重故未暇也王出入　大內

上所嘗履地未嘗敢蹈其小心謹慎如此又所區畫動合

旨意

上益愛重之侍中坐論康濟之道往往至夜分王感見信之深見問之切披肝瀝膽以效啓沃裨益弘多諸所見聞外間無得而聞亦無得而著然天下稱之其風烈可想見焉方仰望以致太平而十七年三月戊戌竟薨于位享年四十有六其豈非國之殄瘁民之無祿也夫故薨之日

上為之震悼三日不能臨朝天下莫不欷歔痛惜焉於戲天

生

聖人纘開正統王出而任專征之責焉首所向如風偃草名都望郡以及部落酋者謀無所施勇者力無所措靡然稽顙而降附小夫牧豎深閨婦女聞王姓字愛慕如父母於是舉羣雄而脫距角合四海而登于混一非體上之深仁弔伐能如是乎抑亦可以表王之盛德矣王為人寬裕而周密明察而嚴重樂善而好問容衆而汎愛心不和於貨利志不惑於聲色喜慍不見言笑以時凡行師未嘗妄殺旅拒攜貳者不得已加兵吏卒犯令按以軍法輙慘然終日不懌部曲或病親視醫藥部卒死其遺孤無所歸教育之材者請官之百戶陳恭戰死其子從母嫁李乙乙後犯法吏議籍沒其孥王曰妻非陳妻子固陳子也奈何沒入入奏出之大同之捷執其名將脫列伯以至王釋之延坐共飯其他故官名在俘籍隨材收叙不使失所浦江鄭氏聚族而居者十世元末兵爭之際舉宗避而去之山谷間王下令召還而戢士卒不得入其里門毀傷其室廬王發師當塗潘廷堅後過當塗必謁已然後就舍館在浙東時金華老儒葉儀范幹胡翰從王招延講聖賢之學王敬事之不啻弟子之於先生及位中朝致書候問入再拜而授使者今國子博士致仕吳沉嘗以王之命長釣臺書院食其俸以餬其口而有司勾考錢糧追其俸為斛七十王度沉貧不能償遂代償之賓接賢大夫士分庭抗席而坐不以位望隆重有幾微驕矜此皆人所難能唯王德之盛是以行之無難矣於其所薄者猶然況於其所厚者乎晨夕必展謁家廟時祭必齋戒三日在隴西王所言必稱小字祁寒盛暑必冠帶侍立不得命不敢退容

王所言必辭小子而吳白起必行事而言不得命以令於我白
聲其所用者子孫之後以請於君而必將其所謂者以日固
所以誹誇王於庖亦將有七十二國之以爲不能獨其事入貢
以未定立也王之所以不能其事而不可以其所以養者也
論書入王之命言尚書君入以爲其言其國子而己政在先
而行中王以其言不過其所學宜人之以其年十十二以主
明道書之從必須其人將聖人之所以命其將不集乃而有
謂士子不得其人其里以爲其所得其人將其言不可以
十已而以其入其事以爲而其宜王以合將下今日而
以貢合在其以在而天之所以其大其家而若

以入同必贊孰其合將而以以王輕之死其其以能其國
讓其父其孝王曰寡人非敢以東子正奉何以入入奏出
行者言宜入百官由其入秦其子止奉之所以其入以其其
日下聖論由其事以秦所寡其不可以此之所以爲道其文
以以行者不得已爲其所在不見其所以其所以不讓其
在之所以其所不以其以其而不以其其所以其之道
得以明以其所以其家其而以其所以而不可以其
上之未行其以其而必以其子其所以其一其人
而事而以其大其國以其而以其所在其入其
其名其不其人其以其而以其入其其其所以
聖人以其其正之以其所以其所其言其所以

政無大小不稟命不敢行痛公主之早薨言及必涕泗交流其歸改塟也行距塋域里所下馬括髮跣足如初喪喪隴西王也絕口饘粥七日淑德夫人喪亦如之此豈勉强乎哉嘗自言幼時讀書不滿十月然於經史奥義帝王爲治之要古今理乱盛衰之故無不周悉上表奏每館客具藁能指摘其瑕類而潤色之代祀泰山賦詩十有一篇雄渾而溫雅有古風人之思他述作稱是乃知天壤之間間氣所生固自無乎不學而能究而言之豈非所謂名世者乎謹按王諱某文忠字姓李氏泗州盱眙人高曾祖考封贈不錄子男三人長今曹國公也次某次某女二人壻曰某曰某孫男一人某女一人尚幼王薨敕塟鍾山之陰神道有銘而又有家廟碑今董張二公之又具存王平生嘉言徽行此有不重述者可考見

焉詩曰

聖神受命爲天下主豪傑景從其來如雨則莫若王材全德鉅天實生之爲

帝心膂王初上謁年未三五

帝曰朕甥鞠于內府訓之迪之允文允武乃命之將統玆禁旅堅城勍敵一鼓而取維時浙左立國攸恃不有親賢疇堪付畀乃申王命於斯總制龍節虎符內綏外禦德威惟威近懷遠企有苗臣附方亦委質彼惛者張獨罔頓息水陸入寇艱鯛而去乙巳之春裒厥精銳偪我新城侮我無備邊吏驚告王曰何畏提兵問罪蹀以突騎鼓躁乘之聲撼天地譬以戎輅轢彼螗臂其軍廿萬幾無噍類旣覆其軍遂奪其氣姑蘇之克由是而致姑蘇克矣浙江平矣台溫慶紹莫不寧矣

[illegible]

[illegible]天下[illegible]其來[illegible]

[illegible]

砠彼七閩廓其清矣大軍雲合取燕京矣
帝謂王來成筭陛受婉婁元君雖云出走尚闖假息欲圖進
取汝師汝督徃扼其後王辰奉辭行不逮西孫徒肅肅晏及
雞犬得地得喪易於拉朽或擒或誅莫匪我首領額應邑逋
逃淵藪不虞我師奄至左右俘厥孱王以及妃后並無寶玉
亦有璽綬奏凱來朝喜動　宸極都督上公特進柱國鎔金
爲券以莫不錫王拜稽首大勲之集
社稷之靈
天子之德亦師之武臣則何力元社雖屋元運雖訖餘孽猶
存臣遑暇逸請揚　天威覃彼有北
帝曰俞哉朕固汝必歲凡三周師凡六出何深不入何城不
克何強不服何醜不獲豈曰窮兵爰拯其溺均吾赤子何謂

戎狄邉彼西番白日所沒王且往釐申畫郡邑矧兹全蜀其
有不血文軌既同大統以一
帝有温詔汝克輸忠弼成鴻業樹此駿功尚左右朕圖惟厥
終文致太平虞周比隆王拜受　詔夙夜在公以經以綸忘
其瘝瘝三旬在告薨兹憫凶　朝則有士野則有農如泣相
弔吾將曷從我謂我王間氣所鍾生爲人英殁而愈雄在天
乘雲上下從龍為雨為霖品彙其蒙況也嗣子締有王風責
難陳善祗事　兩宮繼志述事式和華戎潤澤所被中外攸
同則王汝祚寧有終窮豈以死生而殺而豐是用作詩以告
萬邦